Dagmar Scherf
Hexenherz und Hängebauch

Dagmar Scherf

Hexenherz und Hängebauch

Untergründige Geschichten

Weltkreis

CIP-Titelaufnahme der Deutschen Bibliothek

Scherf, Dagmar:
Hexenherz und Hängebauch: untergründige Geschichten /
Dagmar Scherf. – Köln: Weltkreis, 1988
  (Reihe Weltkreis)
  ISBN 3-88142-436-9

Reihe Weltkreis

© 1988 Pahl-Rugenstein Verlag GmbH, Köln
Alle Rechte vorbehalten.
Lektorat: Jürgen Starbatty, Münster
Umschlaggestaltung: Beate Oberscheidt, Dortmund
Satz: ICS Communikations-Service GmbH, Bergisch Gladbach
Druck und Bindearbeiten: Plambeck & Co., Neuss
ISBN 3-88142-436-9

Inhalt

Stiefel im Kopf

Der blaue Feindbriefkasten 9
Der Name der Hose 18
Vaters Tickschublade 27
Das gelbe Geräusch 39
Wenn ich weinen könnte 50
Vesperbrot und Freßdichtot 57

Sehnsüchte im Maul

Rotkäppchen fällt aus dem Rahmen 67
Das Fischweib 74
Weiberkraut und Männerkrieg 84
Das Lächeln der Füchsin I 93
Das Lächeln der Füchsin II 97

Federn im Bauch

Die Schöpfungsgeschichte des Federbetts 107
Hexenherz und Hängebauch oder
Die Landung der Märchenweibsbilder 114
1. Schneewittchen 114
2. Goldmarie 122
3. Aschenputtel 130

STIEFEL IM KOPF

Der blaue Feindbriefkasten

Heinrich Uhl, seit fünf Jahren Briefträger in Kasimir Wolles Wohnbezirk, machte sich ernsthafte Sorgen. Da war ein Lebenslicht ins Flackern geraten, an dessen Leuchten ihm so besonders viel lag.

Nicht, daß Kasimir Wolle über Herz- oder Kreislaufattacken geklagt hätte. Außer dem üblichen Guten Morgen! und Bitteschön – Dankeschön! sprachen sie ja kaum miteinander.

Auch nicht, daß Kasimir Wolle etwa bettlägerig geworden oder ins Krankenhaus gekommen wäre. Er stand immer noch jeden Morgen aufrecht und erwartungsvoll vor seinen vier Hausbriefkästen, wenn der Briefträger angeradelt kam.

Nein, Kasimir Wolles Lebenslicht war ins Flackern geraten, weil seine Feinde wegstarben.

Heinrich Uhl war sich aufgrund seiner jahrelangen Beobachtungen über den Zusammenhang ganz sicher. Bis vor einigen Wochen hatte die abnehmende Menge an Feindpost offenbar immer noch gereicht, um dieses wellenförmig stärker werdende Leuchten auf Kasimirs Gesicht zu erzeugen, das an eine langsam aufflammende Neonlampe erinnerte. Ein Freudenlicht, von dem Kasimir dann offenbar zwei oder drei feindlose Tage zu zehren vermochte.

Jedoch seit kurzem konnte Heinrich ihm nur noch, allerdings mit weiterhin zuverlässiger Pünktlichkeit, den einzig getreuen Dienstagsbrief von F. F. überreichen. Gut, der Dienstag war damit immer noch gerettet. Den ganzen Morgen hörte die Nachbarschaft

Kasimir dann bei offenem Fenster trällern. Entweder »Püppchen, du bist mein Augenstern« oder »Freude, schöner Götterfunken«. Dienstags war in Kasimir Wolles Umgebung die sonst häufige Frage, was für ein Tag es sei, überflüssig. Aber je weiter die Woche ohne einen einzigen weiteren Feindbrief fortschritt, um so mehr Asche legte sich auf Kasimirs Gesicht. Natürlich gab es für Heinrich Uhl immer noch jede Menge anderer an Kasimir Wolle adressierter Post zu überreichen. Nicht umsonst hatte der an seiner Hauswand neben dem blauen Feindbriefkasten noch drei weitere, nach Kategorien beschriftete Behälter angebracht, um der undifferenzierten Flut Herr zu werden. Kasimirs Freunde starben offenbar, ebenso wie die Finanzämter, Banken, Parteien, Möbelhäuser, Glücks-, Jugend-, Schlankheits- oder Gesundheitsanpreiser nicht so massenhaft weg, wie Kasimirs verantwortungslose Feinde. Aber nur letztere waren von lebenswichtiger Bedeutung.

Von seinem Vorgänger wußte Heinrich, daß Kasimir, als er hierher gezogen war, zunächst nur zwei Hausbriefkästen besaß: Den roten mit der Aufschrift »Freunde« und den blauen mit der Aufschrift »Feinde«. Empört hatte sein Vorgänger ihm erzählt, daß dieser Herr Wolle erwartet habe, ein kundiger Briefträger könne die Post selbst entsprechend einsortieren.

An einem freund- und feindlosen Tag, als Heinrichs Vorgänger mit zwei Werbebriefen, einem Bankauszug und einem Schreiben vom Finanzamt kopfschüttelnd unschlüssig vor den beiden Kästen gestanden hatte, war Kasimir dazugekommen. Er hatte ihm den Packen aus der Hand genommen, einen Umschlag nach dem anderen betrachtet und vorwurfsvoll gesagt: Alles nur Mist und Mischmasch!

Damit war in Kasimirs Kopf die Idee für die zwei weiteren Briefkästen geboren. Am nächsten Morgen konnte sich Heinrichs Vorgänger zwischen »Freunden«, »Feinden«, »Mist« und »Mischmasch« entscheiden. Der Mischmasch-Behälter hatte eine graue Farbe, den Mist-Kasten hatte Kasimir nach unten geöffnet und mit einem großen Müllsack verbunden.

Von da an wäre die tägliche Entscheidungsarbeit an der Wolle'schen Haustür für den damaligen Briefträger eigentlich leichter gewesen. Aber er mußte sich nicht mehr entscheiden. Kasimir fand sich seitdem an jedem Morgen selbst vor den vier Briefkästen ein, um seine Post zu verteilen.

In der ersten Zeit danach sortierte Kasimir angeblich den empfangenen Packen zunächst in die Behälter, um ihn dann, abgesehen von der sich sofort selbst vernichtenden Kategorie »Mist«, zu Päckchen geordnet wieder herauszuholen. Später benutzte er, da ihm dies doch wohl zu umständlich wurde, die Oberseite der Kästen »Freunde«, »Feinde« und »Mischmasch« als Ablage bei der allmorgendlichen Aufteilungsarbeit.

So hatte Heinrich Uhl ihn kennengelernt, als er den Postbezirk übernahm. In den folgenden fünf Jahren eignete er sich ein so fundiertes Spezialwissen an, daß er es sich auch zugetraut hätte, diese vier Hausbriefkästen mit einer sehr niedrigen Fehlerquote treffsicher selbst zu bedienen. Grundlage seines Studiums war nicht etwa der Bruch des Briefgeheimnisses, nein bewahre: in der Hinsicht war Heinrich Uhl schamhafter als eine Nonne, die ein Nuttenviertel passieren muß. Grundlage seines Studiums war vielmehr das allmorgendliche Schauspiel auf Kasimirs Gesicht.

Heinrich konnte darüber ins Schwärmen geraten. Er ertappte sich manchmal vor dem Einschlafen dabei, daß er sich da schon das am nächsten Morgen bevorstehende Mienenspiel in seiner abwechslungsreichen Folge vorzustellen versuchte.

Jedesmal, wenn er sich nach der Postaushändigung an Kasimir scheinbar eilig und geschäftig in Richtung Nachbarhaus in Bewegung setzte, mußte er zurückblicken. Er verrenkte sich lieber den Hals, als zu versäumen, was sich auf Kasimirs seinen vier Briefkästen zugewandten Gesicht abspielte. Ohne je mehr als die üblichen Worte mit ihm gesprochen zu haben, hatte Heinrich sich im Laufe der Jahre die jeweilige Bedeutung der wechselnden Lichtverhältnisse angeeignet, die Kasimir offenbar auf seinem Gesicht wie mit einem unsichtbaren Schalter erschaffen und verändern konnte.

Bis zu der Zeit, als Heinrich sich Sorgen zu machen begann, war da zunächst eine ziemlich gleichbleibend erwartungsvoll-lichte Morgenröte, wenn er mit dem Fahrrad um die Ecke bog.

Der aufmerksame Briefträger lernte sodann als erstes das wellenförmig stärker aufflammende Neonleuchten zu deuten. Wenn Kasimir den Dienstagsbrief von F. F. wie einen kostbaren Schatz auf dem

Feindbriefkasten plazierte, entzündete sich diese Freudenhelle besonders intensiv. Auch das anschließend immer ungewöhnlich kräftig zu hörende Trällern von »Püppchen, du bist mein Augenstern« oder »Freude, schöner Götterfunken« bestätigte Heinrich die Richtigkeit seiner Zuordnung.

Ganz andere Lichtverhältnisse herrschten bei Freundbriefen. Sie erinnerten Heinrich an das milde Braungelb, das manchmal sommerabends über den Getreidefeldern liegt. So sanft, wie er veranlagt war, liebte der Briefträger diese Stimmung eigentlich mehr als das Feindeslicht. Aber das Merkwürdige war, daß es an feindlosen Tagen nicht so recht auf Kasimirs Gesicht aufblühen wollte, als bräuchte es das andere, um sich daran zu entzünden.

Die Postkategorie des unentschiedenen Mischmaschs war von einem mehr oder weniger abgedeckt-gleichmütigen Licht begleitet, wie Sonnenschein unter Wolken. Düsterer wurde es bei Briefen ohne Absender, die auch auf den Mischmasch-Kasten wanderten. Und der Mist bewirkte, vor allem wenn es sich um diese Glücks-, Jugend-, Schlankheits- oder Gesundheitsanpreiser handelte, ein heftig dräuendes Mienengewitter, bevor er in den Müllsack abfuhr.

Zunächst hatte Heinrich Uhl das wechselnde Beleuchtungsschauspiel mehr oder weniger passiv studiert. Dann fing er an, sich selbst zu testen. Er merkte sich zum Beispiel die Plazierung eines in der Kategorien-Zuordnung noch unsicheren Absenders innerhalb des Postpackens und beobachtete Kasimirs Gesicht.

Mit der Zeit entwickelte sich dann das allmorgendliche Zusammenstellen der für Kasimir Wolle im Amt eingegangenen Post, bevor Heinrich den gesamten Tagesstapel nach Straßen und Hausnummern geordnet in seiner großen Tasche verstaute, zu einer Zeremonie. Er ging dabei mit der Umsichtigkeit eines Feuerwerkers vor, der die Reihenfolge seiner Raketen nach dem größtmöglichen und abwechslungsreichsten Effekt zusammenstellt.

Feindbriefe kamen zum Beispiel so gut wie nie obenauf. Schließlich sollte die erwartungsvolle Morgenröte nicht sofort in grellem Neonblitzen verpuffen. Wichtig war einerseits ein Höhepunkt in der Mitte und dann vor allem die Art des Abschlusses. Je nach eigener Stimmung und dem vorhandenen Postmaterial stellte sich Heinrich Uhl jeden Morgen ein neues Schauspiel zusammen.

Aber seit es nun nur noch diesen einzig getreuen dienstäglichen Feindbrief von F. F. gab, wurde es für Heinrichs Feuerwerk schwierig und für Kasimirs Lebenslicht bedrohlich.

Dienstags sog Kasimir die aufflackernde Freude wie ein Feuerschlucker in sich hinein. Mittwochs schimmerte noch ein Rest Lichtglut nach. Donnerstags war es schon fahle, verloschene Asche. Keine drei Freundbriefe konnten das Feuer wieder anblasen. Freitags lag schmutziggraues, samstags pechschwarz dräuendes Dunkel auf Kasimirs Gesicht. Sonntags versuchte Heinrich, nicht daran zu denken, denn montags schien hoffnungsschimmernd vorläufig das Schlimmste überstanden.

Eines Dienstagmorgens hatte Heinrich Uhl wie üblich die Post zunächst nach Straßen und Hausnummern sortiert und machte sich wieder mit der an diesem Tag berechtigten Vorfreude an den Stapel für Kasimir Wolle. Den Höhepunkt des zumindest kleinen Feuerwerks, also den Brief von F. F., wollte er dieses Mal in die Mitte plazieren. Auf die Pünktlichkeit von F. F. war ja absoluter Verlaß.

Aber an diesem Dienstag suchte er den Umschlag mit der altvertrauten Handschrift auf der Vorderseite und dem schwungvoll-ausladend gemalten Kürzel F. F. auf der Rückseite vergebens. Statt dessen war, in derselben Stadt abgestempelt, die Anschrift mit Maschine getippt, abgesandt von einer Familie Fischer, eine schwarzumrandete Drucksache dabei.

Zum ersten Mal in seinem Leben überwand Heinrich Uhl seine Schamhaftigkeit in puncto Briefgeheimnis. Es war eine der wie üblich steifgeschwollenen Todesanzeigen: Unser innigst geliebter Fred entschlief in Frieden . . .

Fred Fischer, F. F. — kein Zweifel, dachte Heinrich: Fred der letzte Feind ist tot. Er kämpfte einen Moment lang mit dem Gedanken, ob er die Drucksache nicht einfach vergessen, verlieren, vernichten könnte.

Das bläst ihn aus, dachte er. Das löscht sein Lebenslicht endgültig.

Dann steckte er die schwarze Nachricht zitternd zuunterst unter den Poststapel.

Bei der Aushändigung nickte er kurz und möglichst ermunternd in Kasimirs dienstägliches Morgenrötegesicht, ging ein paar Schritte weiter, blieb dann aber mitten auf dem Bürgersteig stehen und blickte zurück.

Kasimir hatte offenbar keine Eile. Er wußte ja, daß heute Dienstag und auf F. F. Verlaß ist. So drehte er jeden Brief erst einmal hin und her, studierte Poststempel und Briefmarken, ehe er ihn auf die Kästen sortierte.

Da beugte sich eine Frau aus dem Fenster des Mietshauses nebenan und fragte Heinrich nach einem Einschreibebrief. Widerwillig ging er hinein.

Jedesmal, wenn Heinrich bisher im Nachbarhaus die Post in die Briefkästen im Flur verteilt und wieder hinausgegangen war, hatte er noch einen Blick auf Kasimir zurückgeworfen. Dann war der meist beim zweiten Akt angelangt: Er hatte den Mischmasch-Stapel in der Jackentasche verstaut, die eventuellen Feindbriefe mit der linken, die Freundbriefe mit der rechten Hand gegriffen und den Mist-Kasten keines Blickes mehr gewürdigt. An den lichten Tagen mit Feindpost war dieser Akt dann immer in das bekannte Trällern übergegangen.

Als Heinrich an diesem schwarzumrandeten Dienstag in Windeseile den Einschreibebrief ausgehändigt, die übrige Post in die Kästen verteilt und wieder aus dem Nachbarhaus hinausgelaufen war, sah er auf der Treppe einen Kasimir sitzen, aus dessen Gesicht jede Farbe, aber auch jedes Licht und jede Dunkelheit gewichen waren. Den Trauerbrief in Händen hockte Kasimir da wie sein eigener Grabstein.

Heinrich ging auf ihn zu und als er vor ihm stand,

kroch Kasimirs Blick unendlich langsam vom schwarzumrandeten Umschlag zu ihm empor. Das war seine letzte Gemeinheit, murmelte Kasimir, und sein Gesicht flammte noch einmal kurz auf. Dann glitt ihm der Brief aus den Händen.

An den nächsten Tagen dieser Woche mußte Heinrich Uhl die Post für Kasimir zum ersten Mal selbst einsortieren. Er gab sich die größte Mühe, zumindest Freunde, Mischmasch und Mist genauestens zu unterscheiden. Immerhin konnte er feststellen, daß Kasimir die Kästen täglich leerte. Aber das Gesicht, das er am Freitagmorgen oben am Fenster sah und das ihm am Samstagmorgen auf der Treppe entgegenkam, war um Jahre gealtert.

Ein Feind muß her, ein Feind für Kasimir. Aber woher nehmen und nicht stehlen, ging es Heinrich am Samstagabend ständig durch den Kopf.

Am Sonntag faßte er einen Entschluß. Der war ihm bei seiner sanften Veranlagung durchaus nicht leicht gefallen. Den Montag verbrachte er mit quälenden Selbstvorwürfen. Als er aber am Dienstagmorgen dann vom Nachbarhaus aus wieder Kasimirs »Freude, schöner Götterfunke« hörte, war ihm auch nach Trällern zumute.

Der Name der Hose

Um Hempel zum Erzählen zu bringen, fragt man am besten, warum irgend etwas so heißt, wie es heißt. Natürlich nicht einfach: Warum heißt die Tasse Tasse? – obwohl, wer weiß, vielleicht fiele ihm sogar dazu eine Geschichte ein.

Jedenfalls ging es neulich auf Hempels Balkon um die weitaus spannendere Frage, warum der Bolduan Bolduan heißt, oder genauer: warum der so hieß. Denn den Bolduan gibt es nicht mehr, weder in seiner menschlichen noch in seiner stofflichen Gestalt.

Dabei fällt diese Geschichte insofern aus dem Rahmen, weil Hempel steif und fest behauptet, auch wenn er das letzte Beweisstück nicht mehr vorweisen kann, daß er den Bolduan weder namentlich noch mit seiner dazugehörigen Geschichte erfunden hat.

Hempel ist nämlich eigentlich ein begnadeter Erfinder, und das fängt schon bei den Namen an. Wenngleich oft mehr teuflisch als göttlich inspiriert, hat er zeitlebens seine wechselnden Umgebungen neu getauft und somit in gewisser Weise auch neu erschaffen. Mittlerweile ist er siebenundsechzig Jahre alt und seit zwei Jahren mit einem gut gediehenen Bierbauch in wohlverdienter Rente. Aber seine Namensschöpferkraft scheint ungebrochen.

Einen ersten Einblick in seine diesbezüglichen Fähigkeiten erhält, wer will, auf Hempels Balkon, den er seinen »Lust- und Lottersitz« nennt. Von dort aus hat man nämlich den Überblick über mindestens fünf weitere Balkons, Terrassen und Gärten der benachbarten Reihenhäuser und damit auch über alles, was sich dort bewegt. Da dreht und wendet Hempel dann seinen im Vergleich zum Rest des Körpers zierlich zu nennenden Kopf wie ein Wetterhahn hin und her und kommentiert zum Beispiel den Auftritt der Nachbarn ungerührt mit »Blechbuckels Maulwurfsjagd«, »Frau Dr. Lumpenspeck Selbdritt« oder »Ei-der-Dotter mit Katze« – so als zitiere er die Bildtitel ländlicher Idyllenmalerei des vorigen Jahrhunderts.

Eine andere günstige Gelegenheit bietet sich, wenn man mit Hempel in einem stinkvornehmen Restaurant sitzt. Spätestens nach dem ersten Bier, das er grundsätzlich aus der Flasche zu trinken pflegt, beginnt der Schöpfungsakt des Namenerfinders: Er fixiert einen der vornehm besetzten, weißgedeckten Nachbartische und läßt dann die um Sektkübel und Kaviarhäppchen Gescharten zum Beispiel als Gotthelf Platterbse, Lisbeth Tüchtergeil, Esmeralda Rappenzeuch und Rübchen Wispersam neu entstehen.

Fairerweise muß allerdings noch erwähnt werden, daß Hempel mit Tieren sehr viel liebevoller umgeht. Denen ist vermutlich ohnehin alles recht, wenn man sie nur weiterleben läßt – egal ob in Teufels, Gottes oder Menschen Namen. Vielleicht ist das auch der Grund, warum Hempel sie meistens gleich paart, zumindest namentlich. Männchen und Weibchen der Braunelle werden bei ihm dann etwa zu Bruno und Bruni oder die turtelnden Türkentauben zu Ali und Beli.

Um Hempel also zum Erzählen zu bewegen, fragt

man am besten, warum irgend etwas so heißt, wie es heißt. Natürlich nicht einfach: Warum heißen Ali und Beli Ali und Beli? – obwohl, wer weiß, vielleicht fiele ihm sogar dazu eine Geschichte ein.

Jedenfalls ging es neulich auf Hempels Balkon um die weitaus spannendere Frage, warum der Bolduan Bolduan heißt.

Aber man muß Geduld haben, wenn Hempel erzählt. Er braucht manchmal einige Anläufe, macht manchmal Umwege.

Hempel hatte gerade mit einer dieser schnellen Wendungen seines zierlichen Kopfes entdeckt, daß Frau Dr. Lumpenspeck, diesmal alleine und nicht selbdritt, auf dem zweiten Balkon links die ausgelüfteten Betten hereinholte. Und er hatte diesen Akt mit dem rätselhaften Ausruf: Alles Hanauer! kommentiert. Auf Nachfragen erklärte Hempel, daß er einmal bei Hanauer Verwandten unter einer Bettdecke hätte nächtigen müssen, die eine Zumutung, also: alt, platt und klumpig war. Seitdem hieße so was bei ihm eben Hanauer. Vom Hanauer kam Hempel auf den Kolb, was sich als Gattungsbezeichnung für jeden zu weit geratenen Schlafanzug entpuppte. Den Namen dafür hatte er von einem ehemaligen Frankfurter Bürgermeister mit gesegneter Leibesfülle übernommen.

Und vom Kolb kam Hempel dann schließlich, nachdem die erste Flasche Bier geleert war, auf den Bolduan. Und damit auf die Geschichte, von der er steif und fest behauptet, daß sie nicht erfunden ist.

Ich hatte aus dem zweiten Weltkrieg eine feldgraue Unterhose mitgebracht, beginnt Hempel langsam.

Die Bezeichnung feldgrau, ich weiß nicht, woher die stammt, aber ich fand die schon immer ziemlich blödsinnig. Wieso ist ein Feld im Krieg grau? Aber na ja. Hempel macht eine wegwerfende Bewegung, die so aussieht, als scheuche er mit dem Handrücken irgend etwas schräg nach oben von sich weg, greift nach der zweiten Flasche Bier und sagt, während er sie öffnet: Jedenfalls hieß das feldgraue Wäschestück Der Bolduan. Auch meine Frau hat den Namen übernommen.

Warum? Auf dieses Stichwort hat Hempel nur gewartet. Nach einem langen, gluckernden Schluck aus der Flasche beginnt er nun wirklich zu erzählen.

Angefangen hat das an einem Herbstmorgen 1943 irgendwo in einem gottverlassenen russischen Kaff. Wir, also ein kurz zuvor zusammengewürfeltes Ersatzbataillon, lagen in einer Scheune. – Daß Soldaten angeblich immer irgendwo liegen, vor Moskau, vor Madagaskar oder wie der Ochs vor'm Berg, das ist zwar ein genauso blödsinniger Ausdruck wie der mit der feldgrauen Unterhose und außerdem: Wenn die Soldaten immer nur liegen würden, könnten sie gar nicht mehr fallen, aber na ja. Hempel macht wieder seine wegscheuchende Handbewegung und fährt fort: Aber als die Geschichte anfing, lagen wir ausnahmsweise wirklich, nämlich auf komfortablem, trockenem Heu. Weil wir den Tag vorher im russischen Herbstregen klatschnaß geworden waren, bis auf die Haut, hatten wir alle Kleidungsstücke über uns irgendwo in die Scheunenbalken verteilt und uns in Decken und Heu so gut es ging vergraben.

Tja, da werde ich also im Morgengrauen wach, weil neben mir einer gottserbärmlich schnarcht. Und zwar mit so einem lächerlich langgezogenen Pfeifton jedesmal beim Ausatmen, es war nicht auszuhalten. Ich richte mich auf und will meinem Nachbarn gerade die Nase zuhalten, damit er Ruhe gibt, da stürmt die Wache rein, Alarm und Schreien und alles taumelt aus dem Stroh und rin in die Klamotten und Helm auf und ab in die Schützengräben, die wir am Tag vorher noch buddeln mußten.

Beim Rausrennen verliere ich ein paarmal den Helm, der ist mir nämlich viel zu groß, ich werde angeraunzt deswegen, raunze zurück und zwar heftig: Das ist nicht mein Helm, das ist ja 'ne Waschschüssel – oder so ähnlich. Mit meinem Helm war ich nämlich sehr pingelig geworden, und zwar aus Erfahrung. So was wird in der Eile des Krieges leicht mal verwechselt, und dann hat man eben plötzlich so eine Schüssel auf dem Kopf oder, was mir persönlich seltener passierte, so ein winziges Faschingshütchen. Darum hatte ich mir mit meinem Feldmesser in einer ruhigen Stunde mal meinen Namen in so eine wie angegossen sitzende Haube geritzt, na ja.

Hempel scheucht mit seinem Handrücken wieder irgend etwas Unsichtbares an der halbvollen Bierflasche vorbei. Man muß Geduld haben, wenn Hempel erzählt. Er braucht manchmal einige Anläufe, macht manchmal Umwege. Aber dann scheucht er sich mit seinem Na-ja und seiner Handbewegung doch immer wieder die Geschichte zurück.

Also wir stürzen raus und in die Schützengräben,

und ich versuche dabei, diese Waschschüssel auf meinem Kopf zu behalten.

Aber das war alles für die Katz, blinder Alarm. Fluchen ringsum.

Irgendwann geht das Fluchen in Brummeln und das Brummeln in Gähnen über, dann kriecht sogar die Herbstsonne über uns langsam in die Höhe. Mir wird beinahe sanft zumute, ich mag nämlich den Herbst. Also mache ich die Augen zu, döse vor mich hin, denke, daß der unsichtbare Feind, irgendwo muß der ja sein, daß der jetzt vielleicht auch einfach nur diese Sonne genießt. Und daß die, mildtätig wie sie ist, sich nicht darum schert, wen sie bescheint.

Tja, und da höre ich plötzlich neben mir wieder einen schnarchen, und zwar genau so, wie letzte Nacht, mit diesem lächerlich langgezogenen Pfeifton jedesmal beim Ausatmen. Da will ich mir den Kumpel mal etwas genauer anschauen. Mir fällt aber nur noch auf, daß er einen riesigen Quadratschädel hat, und daß der Helm da drauf winzig klein wirkt, wie so ein Faschingshütchen, das geht mir noch durch den Kopf, dann ist plötzlich dieses altbekannte Pfeifen in der Luft und es macht Rumms neben mir und . . .

Hempel starrt über die Gärten, greift, ohne hinzusehen, nach der Bierflasche, erwischt die leere, schaut sie einen Moment lang gedankenverloren an und setzt sie wieder ab. Dann spricht er mit trockener Kehle weiter: Der Kumpel neben mir ist jedenfalls aus seinem Schnarchen nicht mehr aufgewacht. Und wir hatten nachher nicht einmal Zeit, ihn zu begraben.

Hempel lehnt sich zurück, als wäre das schon die

ganze Geschichte. Aber er wartet nur auf den nächsten Frageanstoß.

Und der Bolduan?

Na ja, das war er doch. Das heißt: das war er eben nicht mehr. Denn erstens war er tot und zweitens hatte er meinen Helm auf. Aber das alles ist mir erst ein paar Abende später klargeworden, als wir mal wieder, nach tagelangem Marschieren durch Dreck und Regen, in einem verlassenen Bauernhof lagen, als wir also mal wieder wirklich die Beine ausstrecken und uns sogar waschen konnten. Da gab's so einen Moment am Brunnentrog, den habe ich noch ganz deutlich in meinem Kopf: Ich stehe da und will endlich mal wieder meine Unterhose durch's Wasser ziehen. Ich halte also eins von diesen feldgrauen Wäschestücken in der Hand. Und da entdecke ich innen im Bund ein Namensschild, etwas verblichene Buchstaben, aber schon noch zu lesen. Bolduan steht da drin. Erstmal habe ich wohl nur gelächelt über diese Marotte. Hat sich doch einer im Krieg sein Namensschildchen in die Wäsche nähen lassen, vermutlich von Muttern, wie rührend! Ist in das große Schlachten gezogen, als ginge es in ein vornehmes Knabeninternat.

Also, mir ist zwar bis heute schleierhaft, wie der das geschafft hat, immer wieder an seine höchsteigene Unterhose zu kommen, aber immerhin hatte ich's mit meiner Helm-Pedanterie bis dahin ja auch ganz gut hingekriegt. Klar, Helm ist nicht Hose, na ja.

Hempel kehrt mit einer Handbewegung zum Brunnentrog zurück. Ich halte also diese Hose namens Bolduan in Händen, sehe plötzlich den Quadratschädel noch einmal neben mir, mit dem Faschingshütchen-Helm drauf, erinnere mich an sein Schnarchen nachts und im Schützengraben und an die Waschschüssel, die ich mittlerweile wieder gegen eine etwas passablere Kopfbedeckung tauschen konnte – und dann sind mir die Zusammenhänge klar: Wir beide, also ein Hempel und ein Bolduan, die sich nicht kannten, hatten an jenem Morgen in der Scheune, als alles wie aufgescheuchte Hühner durcheinanderlief, die Klamotten verwechselt, offenbar komplett vom Helm bis zur Unterhose.

Hempel läßt jetzt seinen Blick über die Nachbargärten streifen, der Blechbuckel geht mit einer kleinen Hacke drohend auf sein Gemüsebeet zu, aber dieses Mal schaut Hempel durch ihn hindurch. Sein Blick ist ungewöhnlich ernst irgendwo am Horizont gelandet.

Ich weiß zwar nicht, sagt Hempel jetzt sehr langsam und leise, ob diejenigen, die den Bolduan verscharrt haben, in seinen Helm geschaut und den eingeritzten Namen da drin entdeckt haben, und ich bin mir außerdem nicht sicher, ob das damals mit den üblichen Erkennungsmarken in unserem chaotischen Bataillon noch so richtig geklappt hat – aber ich werde seitdem ein Bild nicht mehr los: Da ist ein Holzkreuz auf einem Feld. Und das Feld ist so grau wie das Kreuz. Und auf dem Kreuz steht ein Name. Etwas verblichen die Buchstaben, aber schon noch zu lesen. Hempel steht da drauf.

Hempel saugt den letzten Rest Bier aus der Flasche und steht auf.

Nein, den Bolduan hat er nicht mehr, erklärt er auf Nachfrage noch. Den ganzen glorreichen Rückmarsch über hat er die Unterhose als zweite, wärmende Schicht am Körper getragen, hat den Bolduan also in dieser Gestalt in den Frieden hinübergerettet.

Aber irgendwann ging es auch mit dem Stoff zu Ende.

Vaters Tickschublade

Vom nahen Kirchturm schlägt es zwölf, als sie das Fenster des Gästezimmers öffnet, um vor dem Schlafengehen noch etwas frische Luft hereinzulassen. Weiß wabernd sickert das Mondlicht durch den Nebel.

»Vorzeiten gab es ein Land, wo die Nacht immer dunkel und der Himmel wie ein schwarzes Tuch darüber gebreitet war.« Weit weg beginnt da eine Stimme ein Märchen zu erzählen. Aber das ist zu lange her. Jetzt muß sie erst einmal diese Nacht überstehen.

Wenn jetzt noch ein Käuzchen schreit, denkt sie, während sie unter die Bettdecke kriecht, dann wär's wie in einem Krimi von Edgar Wallace. Aber ihr ist nicht nach ironischer Distanz zumute in dieser ersten Nacht allein zu Gast im Vaterhaus. Alle Außentüren hat sie verschlossen, verriegelt und verrammelt. Nur gut, daß das Gästezimmer, bis zur Pensionierung zugleich Vaters Arbeitsraum, im ersten Stock liegt. Es ist ihr sogar mit einiger Kraftanstrengung gelungen, den lange nicht, vielleicht nie zuvor benutzten Schlüssel auch dieser Tür noch herumzudrehen.

Sie starrt durch die Fensteröffnung in das mondlichte Dunkel.

Das Märchen vom Mond, der das finstere Land von einem Eichbaum aus erhellt, dann aber in die Unterwelt wandern muß. Die Stimme ist wieder da: »So

wurden dort, wo immer Dunkelheit geherrscht hatte, die Toten unruhig und erwachten aus ihrem Schlaf.«
– Nein, nicht das jetzt auch noch!, denkt sie und zieht die Bettdecke höher. Drahtseile sind ihre Nerven nie gewesen, aber nach diesem Tag spannen sich da auch keine Zwirnsfäden mehr, höchstens Spinnweben.

Zwölf Stunden hat sie heute wie besessen geräumt, das Haus durchwühlt, die Mülltonne und zehn zusätzliche Müllsäcke mit Vergangenheit gefüllt.

Sie atmet die frische Luft tief durch die Nase ein. Das Licht fließt über das Fensterbrett. Mondmilch, weich und weiß wie das Daunenbett der Kindheit.

»Und Petrus ritt durch das Himmelstor hinab in die Unterwelt. Da brachte er die Toten zur Ruhe, ließ sie sich wieder in ihre Gräber legen und nahm den Mond mit fort, den er oben am Himmel aufhängte.«

Die Stimme kehrt hartnäckig wieder. Aber immer noch aus fernen Vorzeiten. Die Stimme hat ein gutes Gedächtnis. Es war damals sehr wichtig, daß immer in genau derselben Wortfolge erzählt wurde. Nur dann konnte die gefährliche Fahrt durch Nacht und Unterwelt gelingen, nur dann war eine Bettdecke Schutz genug, und es konnte hell werden am Ende.

Eigentlich ist das doch eine beruhigende, ja heitere Gutenachtgeschichte, denkt sie nun und wehrt sich nicht mehr. Sie versucht jetzt sogar sehr bewußt, ihre angespannten Nerven darin zur Ruhe zu betten. Und sie fragt nicht mehr, wer da erzählt.

»Vorzeiten gab es ein Land, wo die Nacht immer

dunkel und der Himmel wie ein schwarzes Tuch darüber gebreitet war, denn es ging dort niemals der Mond auf, und kein Stern blickte in der Finsternis. Aus diesem Land gingen einmal vier Burschen auf die Wanderschaft und gelangten in ein anderes Reich, wo abends, wenn die Sonne hinter den Bergen verschwunden war, auf einem Eichbaum eine leuchtende Kugel stand, die weit und breit ein sanftes Licht ausgoß.« Sie muß lächeln, weil sie jetzt vor sich sieht, wie das weitergeht: Die vier Burschen erfahren, daß diese leuchtende Kugel »Mond« heißt, stehlen sie kurzerhand vom Baum und bringen sie auf einem Wagen in ihre Heimat. Dort stellen sie das Licht in einem großen Eichbaum auf, und seitdem ist es dort wunderbar hell in der Nacht. Dafür rennen sich nun zwar in dem bestohlenen Land die Menschen gegenseitig die Köpfe ein, aber das kümmert im Mondland niemanden.

»Die vier versorgten den Mond mit Öl, putzten den Docht und erhielten wöchentlich ihren Taler. Aber sie wurden alte Greise, und als der eine erkrankte und seinen Tod voraussah . . .«

Was ist das? Jäh fährt sie aus ihrer Gutenachtgeschichte auf. Da ist ein Geräusch. Metallisch. Schürfend. Als ob Metall auf Stein schürft. Oder auf harter Erde. Gleichmäßig, wie Schaufeln. Da schaufelt jemand ein Loch, ein Grab!

Zitternd schleicht sie zum Fenster. Die Kirchturmuhr schlägt einmal. Viertel nach zwölf. Vorsichtig streckt sie den Kopf über die Brüstung. Das weiße Wabern scheint noch dichter geworden zu sein. Die uralten, verkrüppelten Fliederbüsche sind nur schemenhaft zu erkennen. Nichts sonst. Das Geräusch ist fort. Sie schließt mit einem heftigen Ruck das Fenster. Kriecht wieder ins Bett. Die Nerven, diese angespannten Spinnweben.

Kein Wunder, den ganzen Tag war ihr beim Öffnen jeder Schranktür, jeder Schublade dieses Hauses die Geschichte ihrer Familie wie eine angestaute Flut entgegengequollen. Unverarbeiteter, ungeordneter, unverdauter Vergangenheitsbrei.

Da. Da ist es wieder. Das Geräusch. Aber jetzt kommt es eindeutig nicht von draußen. Jetzt ist es drinnen, im Zimmer!

Sie tastet nach dem Schalter der Nachttischlampe, lauscht. Das Schürfen ist hinter ihr. Wie Metall auf Stein. Nein, jetzt klingt es eher nach einem kratzenden Hecheln, wie kurz vor dem Sterben. Sie richtet sich auf, dreht sich langsam um, aus der Kommode kommt das, aus der untersten Schublade –

Ach so, Vaters Tickschublade! Erleichtert und zugleich wütend springt sie aus dem Bett. Also, die kommt morgen als erste dran. Das wird jetzt nicht mehr länger aufgeschoben. Ein letzter Müllsack müßte noch übrig sein. Mit dem nackten Fuß tritt sie einmal kräftig gegen die Kommode. Es macht drinnen »Dick«, dann noch zweimal leiser »Dick-Dick«. Dann ist es still.

Aber an Schlaf ist jetzt trotzdem einstweilen nicht zu denken.

Draußen ist ein Wind aufgekommen und rauscht durch die verkrüppelten Fliederbüsche. Wind, Wind, sause – der Mond ist nicht zu Hause.

Den haben die vier alten Männer Viertel für Viertel mit ins Grab genommen. »Als aber die Teile des Mondes in der Unterwelt sich wieder vereinigten, so wurden dort, wo immer Dunkelheit geherrscht hatte, die Toten unruhig und erwachten aus ihrem Schlaf.«
Aber eigentlich geht es dann ganz lustig zu, sie sieht, während die Stimme weitererzählt, ein augenzwinkerndes Lächeln über der Unterweltszene: »Sie erhoben sich, wurden lustig und nahmen ihre alte Lebensweise wieder an. Ein Teil ging zum Spiel und Tanz, andere liefen in die Wirtshäuser, wo sie Wein forderten, sich betranken, tobten und zankten und endlich ihre Knüttel aufhoben und sich prügelten. Der Lärm ward immer ärger und drang endlich bis in den Himmel hinauf.«
Während der letzten Sätze des Märchens, wo Petrus wieder für Grabesruhe sorgt und den Mond an den Himmel hängt, singt eine andere Stimme ein merkwürdig wiegendes Lied:

Hört, ihr Toten, laßt euch sagen:
Keine Glocke wird mehr schlagen.
Nichts von Freuden, nichts von Strafen —
Ihr sollt schlafen, nichts als schlafen.

Beim Aufwachen morgens ist ihr, als hätte sie die ganze Nacht sanft schaukelnd in dieser Mondgeschichte verbracht. Als hätte diese Stimme sie wieder und wieder erzählt. Beim Augenöffnen ist sie außerdem einen Moment lang ganz sicher, daß Vater an ihrem Bett sitzt.
Unter der Dusche wäscht sie die Nacht von sich ab.

Aber beim Frühstück fällt ihr ein, daß sie vor einem halben Jahr bei einer Freundin stundenlang diese eine Kassette gehört hatte. Es war Carl Orff's Bearbeitung der Geschichte, viel heiterer und derber als das Märchen. Über die Teetasse hinweg lächelt sie ins Morgenlicht und erinnert sich an die Szene, wie der erste der vier Mondräuber im Sterben liegt. Bis auf seinen Anteil an der leuchtenden Kugel im Baum hat er all seinen Besitz versoffen. Seine letzte Bitte lautet deshalb:

Nur die Lampe auf der Eiche,
die ich lebenslang gepflegt,
sei zu meiner armen Leiche
mir in meinen Sarg gelegt.

»Als er gestorben war«, so singt es der Erzähler dann mit einer wunderbar von oben absinkenden Stimme, »stieg der Schultheiß auf den Baum und schnitt mit der Heckenschere ein Viertel von dem Mond ab.«

»Mondsüchtig« hatte ihre Freundin sie genannt. Und sie konnte ihr nicht erklären, warum sie stundenlang in diese Geschichte hineingekrochen war, wie in ein weiches, weißes Daunenbett.

So, aber jetzt ist Vaters Tickschublade endlich dran. Sie steht energisch vom Frühstückstisch auf, greift nach feuchtem Lappen und Müllsack und steigt ins Gästezimmer hinauf.

Vaters »Tick-Tack-Tick« hatte sie das als Kind wütend genannt. Die Zeit, wenn er überhaupt keine Zeit hatte. Immer, wenn sich die Korrekturarbeiten auf seinem Schreibtisch häuften, wenn Mutter ihn zu längst fälligen Reparaturen im Haus drängelte, wenn die Kinder quengelten, weil er mit ihnen spielen sollte, kurzum: immer wenn Vater alles über den Kopf wuchs, weil einer seiner vielen Zeitpläne wieder einmal gescheitert war, immer dann flüchtete er zu seinen Uhren.

Aber die alte Wut will jetzt, wo sie Stück für Stück die Schubalde auszuräumen beginnt, nicht mehr recht aufkommen. Zunächst arbeitet sie noch zielstrebig, steckt jedoch nichts in den bereitliegenden Müllsack, sondern häuft es halbkreisförmig um sich herum auf den Fußboden: Aufgebrochene Weckerhälften, zerlegte Taschenuhren, zeigerlose Armbanduhren, Reisewecker in grellen Plastik- und in abgeschabten Samtetuis, Zahnräder verschiedenster Größen, Flügelschrauben, Spiralen, einzelne lose Zeiger.

Ein monströses Bild von Dali. Sie hält inne. Ihr ist nach Lachen zumute, oder nach Weinen.

> Und ich seh dann wie im Traume
> hinter'm letzten Wolkenbaume
> wie das Weltenrad sich dreht.

Das ist so gar nicht christlich auf ein jüngstes Gericht gezielt, was der ungewöhnlich sanfte Petrus da bei Orff zur Beruhigung der mondsüchtig-aufgekratzten Toten singt, während er zunächst kräftig mit ihnen weitersäuft.

> Hört ihr jetzt das Ticken, Tacken
> und das leise Räderknacken?
> Hört ihr, wie das Weltrad geht,
> Bis es einmal stille steht?

Vaters Leben war kein Kreis. Eher ein Gitter.

Sie schnauft heftig durch die Nase. Der Staub in der Schublade wirbelt auf.

Aber vielleicht war das tatsächlich seine einzige Fluchtmöglichkeit aus der Zeit, denkt sie. Aus diesen rigide gegen das Chaos aufgestellten Stundenplanrastern, die er sonst wie ein Gitter über sein Leben zu legen versucht hatte. Vormittags der Unterricht, ohnehin strengstens nach Stunden aufgeteilt, dann Mittagessen, Mittagsschlaf, Kaffeetrinken, Korrekturen, Vorbereitungen, Abendessen, noch eine Stunde für die Schule, Zeitunglesen, später dann Fernsehen, Schlafengehen, um sechs Uhr Wecken. Überall in Schränken und Schubladen verstreut hatte sie gestern diese spätestens alle vier Wochen neu aufgestellten, nie realisierbaren querformatigen Zeitplanungsversuche ihres Vaters gefunden und einen halben Müllsack damit gefüllt. Auf manchen dieser Raster hatte sie Halbstunden-Einteilungen gefunden wie »mit den Kindern spielen«, »Spazierengehen«, einmal sogar, kurz vor der Pensionierung, »Meditieren«, das war allerdings mit einem Fragezeichen versehen. Mutter war zu Lebzeiten nirgends in seinen Stunden-Zuteilungen vorgekommen. Aus der Zeit nach der Pensionierung hatte sie nur noch ein einziges derartiges Papier entdeckt. Es steckte zwischen Strom- und Wasserrechnungen in einer alten Blechschachtel auf dem Fußboden der Speisekammer. Es war seltsam unordentlich beschriftet, wie aus den Fugen geraten, enthielt viele Leerstellen und Fragezeichen. Aber da gab es dreimal wöchentlich nachmittags von 16 bis 17 Uhr die Rubrik »Spazierengehen« und in Klammern dahintergesetzt »Friedhof«. Nachdem sie gestorben war, fand Mutter also doch noch Eingang in seinen Zeitplan.

Zum Lachen oder Weinen absurd, denkt sie: Die einzige Flucht aus der Zeit, die er sich erlaubte, war die zu den Uhren.

Sie ist auf dem Grund der Schublade angelangt. Beginnt zwischen den restlichen Stücken die Staubflusen mit dem feuchten Lappen einzufangen.

Angewidert betrachtet sie das geschwärzte Tuch. Spinnerei war das. Nichts als sein Tick-Tack-Tick!

Sie spürt, wie die alte Wut noch einmal siedend heiß in ihr aufsteigt.

Anfangs brauchte Vater zwei, später drei, schließlich vier Wecker. Jeden Abend stellte er sie neu in möglichst präzisem Abstand von fünf Minuten. Bastelte solange an ihnen herum, bis sie dann auch noch in einer von Klingelton zu Klingelton sich steigernden Lautstärke losschrillten. Das Chaos der letzten Morgenträume im Fünfminutentakt zerhackt.

Sie hat schon längere Zeit wie blind auf die letzten noch in der Schublade liegenden Uhren gestarrt. Jetzt konzentriert sich ihr Blick auf die rechte hintere Ecke. Sie erkennt es wieder. Das Monstrum.

Das Glas über dem Zifferblatt hat einen Sprung. Das Lindgrün ist noch weiter verblaßt. Diese sanfte Farbe hatte sie von Anfang an als Hohn empfunden. Ebenso Vaters Stolz auf die zwei gräßlich kitischigen rosa Rosen, die er eigenhändig um die Rundung gemalt hatte, »damit das Aufwachen rosiger wird!« Es war wohl an ihrem zehnten Geburtstag, kurz bevor sie jeden Morgen mit dem Zug ins Kreisstadt-Gymnasium fahren mußte, daß er ihr, überquellend von Stolz und Begeisterung, dieses Wecker-Monstrum schenkte. Die Rosen rankten sich rechts und links dem überdimensional großen Klingelknopf entgegen. Von dem Rosa sind jetzt nur noch abgeschabte Reste auf dem blassen Lindgrün zu erkennen.

Oh, dieser nerven- und traumzersägende Kreischton jeden Morgen!

Ein aufgewecktes Kind.

Nie hatte sie später diese Charakterisierung hören können, ohne sofort den Kreischton in den Ohren zu haben. Sie hatte ihren Vater später um Abmilderung gebeten. Nachdem er stundenlang daran herumgebosselt hatte, war das Kreischen zu einem asthmatischen Rasseln geworden. Ein kratzendes Hecheln, wie kurz vor dem Sterben.

Traumsterben.

Bevor sie sich in den letzten Schuljahren angewöhnt hatte, auch ohne Wecker pünktlich aufzuwachen, hatte sie das Monstrum in ihrer morgendlich-schlafaufgeschreckten Empörung mehrmals in die Zimmerecke gefeuert. Einmal hatte sich dabei offenbar eines der verschnörkelten Messingbeine verbogen. Vermutlich war das der Grund dafür, daß sie dann eines Nachts erschreckt auffuhr, weil etwas rasselnd und hechelnd durch ihr Zimmer zu marschieren schien. Als Vater das Bein wieder zurechtgebogen hatte, hörte das jedenfalls auf.

Sie dreht spielerisch am Zeigerknopf. Ob das Uhrwerk noch geht? Und sein Klingeln, Kreischen, Röcheln? Sie stellt die Zeiger. Zieht nacheinander beide Flügelschrauben auf. Stille. Sie dreht den Weckzeiger auf die Gegenwart zu.

Da schürft es. Wie Metall auf Stein. Oder auf harter Erde. Zweimal hintereinander dieses schleifende Schaufelgeräusch. Dann wieder Stille.

Sie klopft mit dem Fingerknöchel gegen das zersprungene Glas. »Dick« macht es einmal leise.

Sie preßt den Wecker an ihr Ohr. Es bleibt still. Wie an Vaters Brust.

Zahnloses Monstrum, flüstert sie jetzt fast liebevoll. Du hast mich genervt. Meine Träume zersägt. Mein Leben hinter deine Zeitplangitter zu zwingen versucht. Aber jetzt möchte ich dich noch einmal hören. Bitte!

Sie drückt ihn an sich. Spürt, wie jetzt endlich, vier Wochen nach Vaters Beerdigung, der Schmerz heraufdrängt, der bis jetzt zugeschnürt in ihrer Kehle saß.

»Dick« macht das Monstrum noch einmal leise. Und dann hört sie, zunächst von sehr weit weg, aber schließlich dicht an ihrem Ohr die Stimme. Sie hört Vater erzählen, Wort für Wort:

»Vorzeiten gab es ein Land, wo die Nacht immer dunkel und der Himmel wie ein schwarzes Tuch darüber gebreitet war, denn es ging dort niemals der

Mond auf, und kein Stern blinkte in der Finsternis. Aus diesem Land gingen einmal vier Burschen auf die Wanderschaft . . .«

Das gelbe Geräusch

Was knirscht, ist nur der Sand. Schnecken haben keine Knochen. Und die Nackten haben nicht einmal ein Haus.

Seit Claudia sich nicht mehr aufrecht halten kann und mit unbeweglichem Rücken auf dem von allen Seiten zugänglichen Spezialbett mitten im Zimmer liegt, kriecht sie durch ihre Geschichte. Zu Beginn, als sie noch gegen ihren Zustand wütete, kamen ihr diese inneren Bewegungen ziel- und aussichtslos vor. Aber in letzter Zeit hat sie manchmal die Hoffnung, daß hinter diesen dämmerigen Windungen der Erinnerung doch ein Ausgang wartet.

Es scheint ihr jedenfalls mit diesem fernen Ausgang zusammenzuhängen, daß ab und zu jähe Lichtblitze das gewundene Dunkel erhellen. Gelb ist dieses Licht, schreiend gelb, immer muß sie dabei an Gummistiefel denken. Und immer droht ein sandiges Knirschen darunter. Jedesmal läßt sie dieses gelbe Geräusch schaudern und hoffen zugleich.

So kriecht sie, mit unbeweglichem Rücken auf dem Bett liegend, in ihrer Geschichte weiter, von der sie zumindest eins weiß: Sie ist identisch mit der Geschichte ihres Rückgrats.

Haltungsschäden hatte der Hausarzt schon früh diagnostiziert. Aus dem mageren Kinderkörper ragten die Schulterenden am Rücken spitz wie zusammengepreßte, verkümmerte Flügelgelenke hervor. Zum neunten Geburtstag schenkte man ihr Turnringe mit verstellbar lange Stricken, die sie an der Schaukel befestigen konnte. Da hing sie dann, dieses Bild sieht Claudia auf ihrem Bett liegend deutlich vor sich, da hing sie dann, halb baumelnd, halb schwebend, je einen Fuß und eine Hand gemeinsam in den Ringen verkrallt, den Bauch nach unten hohlkreuzrund vorgewölbt, ein Wesen zwischen Affe und Engel.

Einen kaum wahrnehmbar kurzen Moment ist ihr dabei, als würde über diesem gekrümmten Engelaffenbild ein riesiger Gummistiefel in der Luft schweben.

Mit elf wurde sie zum Orthopäden geschickt, der ihr einmal wöchentlich Krankengymnastik verordnete. Die dort von einer Therapeutin im Offizierston eingebläuten Übungen exerzierte sie die gesamte Schulzeit über mit eiserner Regelmäßigkeit vor dem Schlafengehen.

An diesem Punkt ihrer Geschichte sieht Claudia sich auf allen vieren wie ein Hund auf dem Boden knien. Rücken rund, Rücken hohl – rund, hohl – rund, hohl! kommandiert eine strenge Frauenstimme. Na, wird's schon! Du siehst ja aus wie ein Hängebauchschwein! Und jetzt: Oberkörper flach, Nase auf die Erde, runter, runter! Und auf dem Boden entlang nach vorn. Jetzt, Achtung: Kopf einziehen, Rücken rund, zurück auf die Hacken und wieder: Kopf tief, Nase auf die Erde –!«

Mitten in dieses Erinnerungsbild, Claudia sieht sich gerade wieder den Oberkörper flach auf den Boden drücken, mit der Nase im Staub – mitten in dieses hündisch winselnde Bild fährt erneut ein grelles Licht.

Den Kopf leicht seitwärts von der Erde weggedreht, sieht sie dieses Mal deutlich einen riesigen gelben Gummistiefel über sich. Sie erkennt den feucht verklumpten Lehm in den Rillen der Profilsohle, meint, das Knirschen schon zu hören, will schreien.

Da ist es wieder dämmrig um sie herum und still wie zuvor.

Alle diese Jahre und noch die Zeit des Studiums und der ersten Ehe über ging das gut. Das heißt: Claudia spürte ihr Rückgrat nicht. Sie beugte sich weiter jeder auferlegten Disziplin, nicht nur bei der Fortsetzung der Turnübungen. Herr, dein Wille geschehe. Und Herr war alles.

Den ersten heftigen Anfall dessen, was man gemeinhin »Hexenschuß« nennt, bekam sie, als sie die Scheidung einreichte. Als sie sich auf- statt anzulehnen begann.

Laß dich nicht zur Schnecke machen!

Wie ein greller Schock fährt dieser Satz jetzt in die Erinnerung hinein. Und für kurze Zeit tragen diese Worte das Gesicht ihres Vaters und gelbe Gummistiefel.

Was soll das mit Vater zu tun haben? fragt sie sich, als es erneut dämmrig und still um sie geworden ist. Das war doch Horst, der das sagte.

Horst, der Architekt, mit dem sie jetzt zusammenlebt, der erste Aufrechte, den sie kennenlernte. Er wollte ihr den Rücken stärken, ohne zu ahnen, was er da versuchte.

Laß dich nicht zur Schnecke machen!

Es war eines Morgens beim Abschied, als Horst ihr diesen Satz liebevoll schulterklopfend mit auf den Weg in den Betrieb geben wollte. Sie hatte sich vorgenommen, an diesem Tag ihren Chef wegen einer himmelschreienden Ungerechtigkeit zur Rede zu stellen. Vierzehn Tage lang lag sie danach fast unbeweglich auf dem Bett.

Damals haderte sie, wie kürzlich wieder, heftig mit ihrer Angst, mit ihrer Nachgiebigkeit.

»Sage dem Konflikt, daß ich komme!« pinnte sie sich herausfordernd dick und fett über den Schreibtisch.

Und sie versteifte sich mit derselben Disziplin, mit der sie ihre orthopädischen Übungen fortsetzte, in die Auflehnung. Beschimpfte ihren Rücken, der nicht mitmachen wollte, traktierte ihn mit Massagen, ließ ihm brühend heiße Schlammassen aufbürden, elektrische Schocks unter die Haut jagen und vollführte noch strengere, muskelstählende isometrische Gymnastik.

Es nutzte nichts, die Schmerzen wurden schlimmer.

Horst riß sich zunehmend um jeden Auftrag, baute ein Haus nach dem anderen, um für alles aufkommen zu können: immer speziellere Schreibtischstühle, eine sehr teure Sesselgarnitur mit medizinisch getesteten Sitzen, entsprechende neue Betten, schließlich Kuraufenthalte, die die Kasse nicht mehr alle bezahlte, unbezahlten Urlaub.

Es wurde nur schlimmer.

Zunächst mußte Claudia Wanderungen und längere Spaziergänge einstellen. Dann auch kürzere Gänge. Fuhr dann, direkt von der Hausgarage aus, nur noch mit dem Auto. Begann schließlich sogar die Strecken im Haus weitmöglichst auf einem Schreibtischstuhl mit Rädern zurückzulegen. Mußte ihren Arbeitsplatz aufgeben, als sie sich auch beim Sitzen nicht mehr aufrecht halten konnte, als selbst im Rollstuhl die Schmerzen unerträglich wurden.

Den Zettel »Sage dem Konflikt, daß ich komme!« ersetzte sie durch die Arbeitsunfähigkeitsbescheinigung.

Kannst nichts, bist nichts, hast kein Rückgrat! höhnte sie gegen sich selbst. Horst verlegte sein Architekturbüro ins Wohnhaus und engagierte wochentags eine Pflegerin.

Als Claudia sich auch im Bett nicht mehr ohne Hilfe aufrichten konnte und Horsts Überarbeitung und Verzweiflung immer größer wurden, kam auf Vermittlung der Pflegerin ein neuer, noch recht junger Arzt zu einem Hausbesuch. Es war der erste Mediziner, der Claudia nicht mit der Operation als letzter Rettung bedrängte. Ihm konnte sie die Geschichte ihres Rückgrats erzählen, so wie sie sie selbst bis dahin kannte oder ahnte. Vom gelben Gummistiefel sagte sie allerdings nichts.

Machen Sie weiter mit diesen Schritten rückwärts oder abwärts! ermutigte sie der Arzt am Schluß. Er verschrieb ihr zwar gleichzeitig ein neues Medikament, sagte jedoch beim Abschied: Das hilft nur weiter, wenn Sie selbst an Ihrem eigenen Umkehrpunkt angelangt sind. Dann wird sich auch die

Beweglichkeit Schritt für Schritt wieder einstellen. Und zu Horst gewandt, der gerade ins Zimmer kam, fügte er noch hinzu: Wenn sie sich erst wieder selbst aufrichten kann, dann rufen Sie mich sofort. Dann kann die Medizin weiterhelfen.

Als erstes verebbte danach das innere Wüten. Statt dessen schwebte das gelbe Geräusch immer häufiger über ihr. Bedrohlich war dieser knirschende Gummistiefel zwar immer noch, aber zugleich wollte Claudia ihn manchmal länger betrachten, um dahinterzukommen, was er bedeutet. Ihr war, als müßte die Bedrohung schwinden, wenn sie das erst wüßte.

Deutlicher wurde zunächst nur, daß dieser Stiefel etwas mit ihrem Vater zu tun haben mußte.

Eines Tages sind plötzlich die Schnecken da. Claudia erinnert sich mit bedrängender Genauigkeit an diesen Pappkarton, den sie während ihrer Kinder- und Jugendzeit mit Häusern gefüllt hatte. − Sie ruft sofort laut nach der Pflegerin. Die stürzt herein und ist sichtlich erleichtert, als Claudia nur darum bittet, doch gleich auf dem Dachboden nach dieser Schachtel zu suchen.

Als der verstaubte Karton geöffnet auf ihrer Bettdecke liegt, angelt Claudia sich, hastig blind hineingreifend, ein Haus nach dem anderen heraus. Und Horst sieht, als er kurz darauf hereinschaut, ein beinahe schon vergessenes Glückslicht auf ihrem Gesicht.

Zunächst schickt Claudia ihre Augen auf die Farbweide: Läßt sie vom Weißgrau über Graugelb und Perlmutt bis zum Ocker wandern, läßt sie genießerisch zwischen Blaugrau und Graubraun grasen und sich in ein gelblich überlaufenes Rotbraun verbeißen.

Dann gehen ihre Finger auf die Reise über quergeringelte oder strahlig auseinanderlaufende Rippen, tasten sich über Knoten, Höckerreihen, spüren wellenförmigen Runzeln nach, fühlen Spiral- und Wachstumsstreifen, fahren schließlich in flügelartig erweiterte, perlmuttglatte, gefingerte, gefiedert aufgebogene oder schmallippig verschlossene Mundränder, Öffnungen, Türen.

Als die Pflegerin das Abendessen hereinbringt, und Horst sich zu ihr setzt, ist Claudias Bettdecke von Schneckenhäusern übersät. Lächelnd deutet sie mit der Hand darauf und fragt: Warum baut ihr Architekten nicht so was? Schau doch, wie schön sie sind, und jedes anders!

Zerstreut nimmt Horst das größte Stück der Sammlung in die Hand, ein faustgroßes, sich vorne zu einer immer spitzer werdenden Spindel zusammendrehendes Gehäuse. Die Wellhornschnecke! ruft Claudia begeistert. Die stammt aus Afrika. Das war immer mein Lieblingshaus, es rauscht! Da Horst nur abwesend lächelnd weiter so dasitzt, nimmt sie ihm das Stück aus der Hand und hält es sich ans Ohr.

Nach einer Weile fragt sie nachdenklich: Wie machen die Schnecken das bloß? Wie bauen die ihr Haus? Das muß ja wohl irgendwie aus ihnen und mit ihnen wachsen.

Horst zuckt mit den Schultern, brummt: Na, jedenfalls brauchen die weder eine Baugenehmigung noch einen Bauplan. Und er verzieht sich wieder in sein Büro. Nach einer Weile kommt er noch einmal zurück, legt ihr ein naturkundliches Buch über die »Weichtiere« aufs Bett und streicht ihr wortlos übers Haar.

Claudia beginnt in dem Buch zu blättern. »Gestaltenreichtum und Vielfalt der Weichtiere« liest sie und »Der Weichkörper der Wellhornschnecke«. Sie fühlt sich verwandt mit diesen »vollständig weichen, massigen Körpern ohne einheitliche innere Skelettbildung«. Und dann findet sie auch die Antwort auf ihre Frage: »Ein besonderes, nur bei den Weichtieren ausgeprägtes Kennzeichen finden wir in dem sogenannten Mantel, der die Fähigkeit besitzt, auf verschiedene Weise Kalk abzusondern und auf diesem Wege Stacheln oder Schalen zu bilden. Dieser Mantel ist die Rückenhaut der Tiere.«

Wie wunderbar! denkt Claudia an diesem Abend vor dem Einschlafen noch. Aus dem Rücken wächst das Haus. Und das Haus ist das Rückgrat.

Am nächsten Vormittag, als sie erneut die Gehäuse auf ihrer Bettdecke wie wohlbehütete Schafe auf der Weide verteilt hat und immer mal wieder nach der Wellhornschnecke greift, in das Rauschen horcht, da fallen ihr auch wieder die Nacktschnecken ein. Die hatte sie damals besonders geliebt und zugleich bemitleidet. Vielleicht hatte sie sogar die vielen Gehäuse nur für sie gesammelt.

Was knirscht, ist nur der Sand. Schnecken haben keine Knochen. Und die Nackten haben nicht einmal ein Haus.

Jetzt hat Claudia das Gefühl, daß sie in die letzte und zugleich erste Windung ihrer Erinnerung hineinzukriechen beginnt. Dorthin, wo die Geschichte ihres Rückgrats anfing. Wo sie sich hätte wehren müssen.

Sie sieht sich, nur mit einem Spielhöschen bekleidet, im Steingarten hocken. Dort, wo die Nackten ihren liebsten Unterschlupf haben. Mit Mühe wälzt sie einen Felsbrocken beiseite. Schutzlos liegt da eine der Unbehausten vor ihr in der feuchten Erde. Aus ihrer Spielhosentasche kramt sie ein wunderschönes leeres Haus heraus, legt es der Nackten zum Einzug verlokkend dicht vor die Fühler. Die rührt sich nicht vom Fleck. Da nimmt sie sie vorsichtig zwischen die Finger, auch wenn sie weiß, daß ihr Schleim wie zäher Klebstoff haften bleiben wird. Sie will sie hinaustragen, ins freie Feld.
»Eine wahrhaft ägyptische Plage!« Plötzlich ist Vaters Stimme im Garten. Und schon kommen die gelben Gummistiefel auf den Steingarten zu, schon beginnt der Vater die Felsbrocken zu wälzen. Er ist auf Schneckenjagd. Klatscht die Nackten angewidert in eine ausgediente Bratpfanne, deren Inhalt er dann später in die Toilette ausleert. Und über die kleineren, um die sich das Aufsammeln nicht lohnt, hebt er den Gummistiefel . . .
Was knirscht, ist nur der Sand.
Claudia will schreien. Aber ihre Kehle ist immer noch wie zugeschnürt.

Während der Gummistiefel quälend langsam über

ihrem Kopf verblaßt, greift sie hastig in die Gehäusesammlung auf ihrer Bettdecke, sucht nach der Wellhornschnecke, findet sie schließlich, umfaßt ihr rauhes, nach vorne spitz zulaufendes Gehäuse mit der Faust, hebt es sich vor die Augen. Durch die halbmondförmige Öffnung führt es porzellanglatt hinein, aber auch ins Freie. Was hatte der Arzt gesagt? Wenn sie sich erst wieder selbst aufrichten kann . . .

Als sie das Rauschen hört, wird sie ruhig. Sie spürt, daß ihr Körper weich und geschmeidig wird, daß er sich mit den Atemzügen ausdehnt und zusammenzieht. Sie kann die Zimmerecken nicht mehr erkennen, das Rauschen verdichtet und rundet sich. Dann fühlt sie eine angenehm kühle, porzellanglatte Berührung gleichzeitig an Rücken und Bauch. Ein dämmriges Licht umgibt sie. Wohlig preßt sie ihren gekrümmten Rücken gegen die Wände. Bewegt ihn, die Berührung genießend, vorsichtig hin und her.

Geborgen bin ich. Das denkt sie nicht mehr, sie ist es. Hier sind Zeit und Erinnerung zur Ruhe gekommen. Im innersten Wirbel.

Aber als sie irgendwann gedämpft von draußen ihren Namen rufen hört, weiß sie: ich bin noch nicht am Ziel. Aber jetzt kann ich darauf zukriechen.

Es wird langsam heller. Sie entdeckt vor sich die halbmondförmige Öffnung. Kriecht bäuchlings auf porzellanglatter Fläche dem Ausgang entgegen.

Sie weiß, daß ihr die letzte, entscheidende Prüfung noch bevorsteht.

Der große gelbe Gummistiefel schwebt schon über der Öffnung. Sie streckt den Kopf heraus, schreit laut: Nein! Und noch einmal, als sie ihren Körper unbeirrt weiter hinausbewegt: Nein! Ich laß mich nicht zur Schnecke machen!

Sie stemmt ihre Hände gegen den Stiefel und spürt, daß eine große Kraft in ihren Rücken strömt. Wie eine rauschende Flut nach langer Ebbe.

Sie richtet sich auf.

Wenn ich weinen könnte

Jetzt, wo ich mit meinem alten, rissigen Gesicht im Korbstuhl in der Zimmerecke sitze, ist das Auf und Ab zwischen Hellwach und Dämmerschlaf zu Ende. Jetzt kann ich in Ruhe über mich und über sie nachdenken. Ich weiß nicht, wie ich sie sonst nennen soll. Zu lang und zu wechselvoll für einen einzigen Namen ist unsere gemeinsame Geschichte bis heute. Und ich kann mich jetzt auch wieder besser erinnern an jenen Mann, der nur die ersten Jahre mit uns beiden lebte. Vor allem seine Hand und seine Stimme wachen wieder auf.

Als mich diese feingliedrigen, rotblond behaarten Finger streichelten und als ich den samtdunkel klingenden Satz hörte: »Ja, die ist richtig, wunderschön ist die« – da kam ich zum ersten Mal zu mir.

Berührungen und Stimmen hatte es auch schon zuvor gegeben. Aber die waren geschäftsmäßiger Art. Da befand ich mich in jenem nur schwach erinnerten Dämmerzustand, in den ich später in Abständen immer wieder einmal versank. Gelebt habe ich nur, wenn man mich liebte.

Das zweite Erwachen hängt in meiner Erinnerung eng mit dem ersten zusammen. Da sah ich sie zum ersten Mal. Zunächst hörte ich einen hellen Begeisterungsschrei, blickte einen kurzen Moment in ein schmales, rotblond umlocktes Gesicht und wurde dann heftig gegen einen Körper in blaugepunktetem Kleid gedrückt.

Mit diesen Berührungen und mit diesen Stimmen

begann das, was man mein Leben oder Nicht-Leben nennen kann.

Auch sie und ich blieben nicht immer beisammen. Aber jetzt, wo ich in ihrem Korbstuhl in der Zimmerecke sitze und wohl endgültig zur Ruhe gekommen bin, könnte unsere gemeinsame Geschichte mit einem Lächeln enden. Immerhin hat sie aufgehört, die alten, gegen sich selbst gerichteten Vorwürfe stellvertretend mir aus den Augen zu lesen. Aber noch ist sie nicht soweit, die Geschichte selbst erzählen zu können.

Wenn ich weinen könnte, so wäre jene Berührung der rotblond behaarten Finger der Tränen wert. Denn jetzt weiß ich, daß dieses unverwechselbare Streicheln mit dem leicht gewölbten Handrücken zu einer Erkennungsgeste wurde, die in den entscheidendsten Momenten unserer Geschichte wiederkehrt.

Aber ich will versuchen, mir das alles von Anfang an und Schritt für Schritt ins Gedächtnis zurückzurufen. Vielleicht kann ich dann am Ende zumindest wieder lächeln, wenn mir schon Weinen oder Lachen nicht möglich sind.

»Ja, die ist richtig, wunderschön ist die«, lautete der Satz, der mich das erste Mal ins Leben rief. Danach muß es wohl wieder eine kurze Dämmerzeit gegeben haben, die mit diesem wild begeisterten Schrei zu Ende ging. Beim zweiten Erwachen hörte ich zwar zunächst wieder die samtdunkle Männerstimme im Hintergrund, aber sie wurde von dem Schrei übertönt. Da blickte ich zum ersten Mal in ihr aufgerissenes Gesicht, sah einen Moment lang ihren jungenhaft schmalen Kopf mit den rotblonden Locken, dann drückte sie mich heftig gegen ihr blaugepunktetes Sommerkleid und ließ mich nicht mehr los. Es folgten atemlose Stunden an jenem Tag mit viel Schokolade, Kuchen und Küssen. Bis uns abends der Mann gemeinsam in die Arme nahm und uns mit dem leicht gewölbten Handrücken abwechselnd über die Wangen strich, die bei mir von Anfang an soviel draller waren als bei ihr. Ich hätte jauchzen mögen, als ich die Geste wiedererkannte und hörte, daß sie den Mann »Vater« nannte.

Die nächsten Jahre lebten wir beinahe ununterbrochen, weil wir uns beinahe ununterbrochen liebten. Der Vater war allerdings meist nur abends um uns, dafür gab es andere Menschen, die Mutter zum Beispiel. Aber wir beide waren uns genug.

Den Sommer verbrachten wir barfuß im Garten zwischen buttergelbem Löwenzahn und kurzstieligen Gänseblümchen. Oder wir ließen unsere Zehen vom Meerwasser belecken, vergruben uns im Sand. Wir waren abwechselnd Mutter und Kind, Pferd und Reiter, Sonne und Mond.

Wenn der Vater Zeit für uns hatte, erklärte er uns manches: Warum die Sandwürmer keine Beine haben und die Menschen keine Flügel. Warum das Meer nicht nach Himbeersaft schmeckt, und warum die Löwen keinen Löwenzahn fressen.

Warum nachts immer öfters die Sirenen heulten und wir so schnell wie möglich in den Keller hinunterstürzen mußten, konnte er uns allerdings nicht erklären. Die Mutter seufzte nur, wenn sie uns hastig aus dem Bett holte, und der Vater sagte: »Es ist Krieg.«

Für nichts, was danach geschah, war das eine Erklärung. Und besonders dafür nicht, daß man uns in jener Schreckensnacht auseinanderriß.

Für sie war es sicherlich noch schlimmer als für mich. Sie mußte mit der Mutter alleine fort, ich hatte zumindest noch den Vater, der mich am Morgen nach jener Nacht so jäh und heftig an sich drückte, wie sie sonst nur. Und er flüsterte, während er mir wieder mit diesem unverwechselbaren Streicheln über die Wangen fuhr: »Sie kommen bestimmt bald wieder. In ein, zwei Wochen sind sie wieder hier.«

Warum wir beide in jener Nacht so grausam getrennt wurden, haben wir auch später nie erfahren. Jedenfalls nicht so, daß uns die Antworten eingeleuchtet hätten.

Aus der Dämmerzeit, die darauf folgte, erwachte ich wieder, als der Vater mich in etwas Großes, weich Gepolstertes bettete. Er hatte Tränen in den Augen. Dieses Mal erschrak ich über sein Streicheln, auch wenn ich noch nicht wissen konnte, daß ich diese Geste als Botschaft weitertragen sollte. Und obwohl noch keiner ahnte, daß es sein Vermächtnis war.

Was dann folgte, war weder Dämmern noch Wachen, sondern ein Alptraum. Ich fuhr kreuz und quer durch ein Trümmerland, stand auf Bahnhöfen herum, wurde gestoßen, begutachtet, für wertlos befunden, reiste weiter. Mehr als ein Jahr war ich so unterwegs.

Der Schrei aus ihrem aufgerissenen Gesicht war noch heftiger als beim ersten Mal. Ich bin sicher, daß auch sie erst bei meiner Ankunft wieder zu sich kam. Und als wir uns beide nach atemlosen Stunden etwas beruhigt hatten, streichelte sie mich mit ihren kleinen Händen so, als hätte sie die Botschaft tatsächlich in meinem Gesicht gelesen. Und diese Geste behielt sie bei, wie ein Vermächtnis.

Die nächsten Jahre lebten wir wieder beinahe ununterbrochen, weil wir uns ununterbrochen liebten. Und auch dort gab es einen Garten mit buttergelbem Löwenzahn und kurzstieligen Gänseblümchen, wenn auch kein Meer und keinen Sand. Vor allem aber gab es den Vater nicht mehr. Er hat uns verlassen. Nur so konnten wir beide uns das erklären, was die anderen »Krieg« nannten, in den der Vater am Schluß doch noch hineingeraten war.

Dann hat sie mich verlassen. Und da gab es keinen Krieg mehr als Erklärung. Das war schlimm. Für sie.

Ich denke, daß nicht die erste, sondern diese zweite Trennung der Grund dafür ist, daß sie unsere Geschichte noch nicht selbst erzählen kann. Und daß sie bis vor kurzem die Vorwürfe immer noch stellvertretend in meinen Augen gelesen hat.

Schlimm war nicht, daß diese Stunden zwischen Löwenzahn und Gänseblümchen allmählich seltener wurden. Daß sie zunehmend in andere Pflichten geriet, die ich nicht mit ihr teilte. Damals entschädigte sie mich sogar manchmal für längere, einsame Dämmerzustände mit einer neuen, süßeren Berührung. Auf leisen Sohlen kam sie da im späten Nachmittagslicht zu mir, blickte sich scheu um, horchte ins

Haus. Zog dann schnell ihr Hemd aus, nahm mich in den Arm und führte meinen Mund an die dunkelroten Spitzen ihrer kleinen wachsenden Brusthügel.

Schlimm war auch nicht, daß dann fremde, gurrende Männerstimmen ins Haus kamen und daß mein Dahindämmern zunehmend in einen langen Schlaf überging.

Nicht einmal, daß ich dann in jenem Frühsommer im Kirschbaum hing, um die Vögel zu verscheuchen, war schlimm. Nicht für mich jedenfalls. Nach anfänglichem Erschrecken dämmerte ich dort oben weiter vor mich hin. Wind und Wetter weckten mich nicht.

Aber daß sie dieses Mal nicht schrie, als sie mich entdeckte, daß sie nicht protestierte, als es hieß: »Das ist doch nur deine alte Puppe«, das war schlimm. Für sie.

Es hat Jahre gedauert, bis sie sich besann. Zunächst einmal auf mich. Mit derselben zärtlichen Heftigkeit wie früher holte sie mich eines Tages unter dem vergilbenden Leintuch auf dem Dachboden hervor, ließ mein abblätterndes Gesicht und den regenfleckigen Körper soweit wie möglich wieder herrichten und nahm mich zu sich.

Dann hat es jedoch noch einmal Jahre gedauert, bis sie sich auf sich besann. Bis sie mich nicht mehr als Stellvertreterin brauchte.

So bin ich am Ende meiner Geschichte angelangt.

Wenn sie mir jetzt wieder einmal mit dieser unverwechselbaren Geste im Vorbeigehen über die rissigen

Wangen fährt, werde ich lächeln. Wie eine Puppe eben lächelt.
 Vielleicht gelingt ihr dann auch ihre Geschichte.

Vesperbrot und Freßdichtot

Beim Anblick des schneebedeckten Kriegerdenkmals überfällt sie eine ebenso unverständliche wie maßlose Lust auf Streuselkuchen.

Gleichzeitig beginnt in ihrem Kopf ohne ersichtlichen Zusammenhang ein Kindervers zu leiern:

Meine Mu-, meine Mu-, meine Mutter schickt mich her, ob der Ku-, ob der Ku-, ob der Kuchen fertig wär . . .

ETSCH liest sie auf dem steinernen Band, das oben um die Mittelsäule des Denkmals herumläuft. Angesichts dieses verwitterten Wortes öffnet sich der Speicher der Erinnerungen einen Spalt breit: Wenn man weiter um diese Mittelsäule herumgeht, nein, gerannt sind sie damals, Fangen haben sie gespielt, dann folgen auf ETSCH noch MAAS, MEMEL und BELT. Unverständliche, aber irgendwie heilig klingende Wörter. Ebenso wie die Großbuchstaben des MAXWELL HOUSE COFFEE aus den Carepaketen waren sie Gegenstand ihrer ersten Leseversuche gewesen.

Sie wollte an diesem Winternachmittag auf der Durchreise einen Rundgang durchs Dorf machen. Nach all den Jahren sehen, was noch da ist, was sich verändert hat. Wo die Erinnerung nachgibt, wo sie auf Stein stößt.

Also ETSCH und die Spiele am Kriegerdenkmal. – Und Streuselkuchen, ein Fremdkörper, aber lustvoll. Noch versucht sie ihn wegzuschieben. – Waren da nicht diese Schlangen? Sie beugt sich über das erhöhte Steinpodest des Denkmals. Ja, sie winden sich immer noch, wenngleich reichlich verwittert, um den Säulenfuß herum. Schön und gruselig war es, ihren ineinander verbissenen Körperlinien mit den Fingern nachzufahren.

Aber es hilft nichts. Ihre Erinnerungen sind überlagert von der Lust auf Streuselkuchen. Das ist ihr unverständlich und auch peinlich. Es hilft nichts. Sie muß losrennen.

Gleich links vom Denkmal um die Ecke roch es immer nach frischem Brot und Kuchen. Da war doch der Bäcker Bauer, kurz Bauerbäck genannt.

Enttäuscht bleibt sie stehen. Wo früher der Bauerbäck war, ist jetzt SPARKASSE in nüchtern grauen Lettern zu lesen. Geld riecht nicht nach Kuchen, es stinkt nicht einmal.

Sie eilt weiter, die Hauptstraße hinunter.

Wie Zucker knirscht der Schnee unter ihren Füßen. Wird weich wie in Mehl geknetete Butter. Zergeht ihr auf der Zunge.

Vor der Metzgerei Auernhammer verlangsamt sie ihre Schritte einen Moment. – Nein, da hat's noch nie Kuchen gegeben. Nur ein Stück Stadtwurst nachher, wenn sie als Kind zum Einkaufen hingeschickt wurde. Dann durfte sie vor dem Hineinbeißen nicht vergessen, Dankeschön zu sagen.

Aber wenn man bei der Brauerei links über die Brücke geht, kommt man zum Schwimmer. COLONIALWAREN UND BÄCKEREI kringelte sich in schwer lesbaren Buchstaben über der Tür. Hoffentlich gibt's den wenigstens noch.

Streuselkuchen!

Über die unverändert starke Lust schiebt sich jetzt zusätzlich die Erinnerung an rotpockige Himbeerbonbons, das Stück für zwei Pfennig aus großen Ballongläsern in graue Papiertütchen abgezählt. Und an der in warmen Kinderhänden sich schnell zusammenklumpenden Süße klebt eine weitere: der Dauerlutscher. Ein Nachkriegskinderwonnewort. Dauer war gleichbedeutend mit Ewigkeit. Der Ewigkeitslutscher, zunächst für fünf, später für zehn Pfennig beim Schwimmer zu kaufen.

Ein paar Schritte lang versucht sie, den Speichel energisch herunterzuschlucken, die Lippen zusammenzupressen und statt dessen die Augen aufzureißen, um sich noch einmal von diesem unerwarteten, peinlichen Überfall abzulenken: Schau doch, die Brauerei. Der Schornstein sieht immer noch aus wie ein Kobold mit Zipfelmütze. Ob es den streichelsüchtigen Strubbelhund noch gibt? Ach was –

Bereits auf der Brücke über den Dorfbach sackt der Halt einer jahrzehntelang geübten Beherrschung wieder in sich zusammen.

In ihrem Mund überlagern sich jetzt mehrere Erinnerungen: Da ist aufdringlich schrill die Süße der Himbeerbonbons, nur leicht gedämpft durch unvermeidliche am Gaumen klebende Papiertütenfetzen. Da ist außerdem der etwas schalere Geschmack des Dauerlutschers, dessen hölzerner Stiel ihr aus dem Mund ragt.

Aber was ihr jetzt zwischen Zähnen und Zunge zuckerknirschend-buttermehlweich zergeht, ist etwas anderes, viel Köstlicheres. Es schmeckt irgendwie heimlich und verboten, als wäre es nicht mit geschenkten oder durch Wohlverhalten verdienten Pfennigen erworben. Und übergangslos, als gehöre es dazu, taucht wieder das Bild des Kriegerdenkmals mit dem im Stein verwitternden Wort ETSCH vor ihren Augen auf.

Wenn der Schwimmer, oder wie der jetzt auch immer heißen mag, wenn der jetzt keinen Streuselkuchen hat?
Er muß!
Dies ist ein Überfall! Streuselkuchen her, oder ich . . .

Das ist nur Vesperbrot,
das ist nicht Freßdichtot

hieß es in ihrer Familie. Freßlust, ein Fremdwort. Nach dem Krieg gab es nicht genug. Später war es unanständig.
Sie merkt, daß ihre Zunge mit einer leichten Schnalzbewegung im geschlossenen Mund Speichelblasen schlägt und sie dann, gegen den Gaumen gepreßt, zerplatzen läßt. Das hat sie als Kind oft geübt.

Zucker-Mehl-Butter-Streusel.
Nein, Butter war das damals wohl nicht.

Ei, ei, ei Sanella,
Sanella auf den Tella.

Wenn Sanella ranzig wird,
dann kommt sie in den Kella.
Kaum ist die Kellatüre zu,
hat Sanella keine Ruh,
und die Ratten beißen zu.

Da, wo der Colonialwaren-Schwimmer-Bäcker war, steht jetzt: SPAR. Na, immerhin. Ein Supermarkt muß doch Streuselkuchen haben. Mit energischem Schwung öffnet sie die Tür, läuft die Regale entlang. Putzmittel, Gemüsedosen, Kosmetika, Wurstabteilung, Käseecke, Obststand. Aber da, endlich: die Kuchentheke.
Streuselkuchen her, oder ich . . .
Bis auf etwas Puderzucker und ein paar Blätterteigkrümel sind die Glasplatten leer.
 Nein, heute ist schon ausverkauft, erklärt man ihr gleichmütig.
 Haben Sie dann wenigstens –, sie stockt. Himbeerbonbons oder Dauerlutscher? Nein, natürlich nicht, denkt sie. Haben Sie dann wenigstens Kekse? fragt sie. Noch unter der Ausgangstür reißt sie die Verpackung auf, stopft sich drei Kekse auf einmal in den Mund. Dann geht sie kauend den Weg an der Brauerei vorbei zurück, ohne es zu merken. Satt wird sie nicht.

Mutti, wieviel Stück Kuchen kriegt jeder?
 Wenn Besuch mit am Tisch saß, war der Mutter die übliche Kinderfrage peinlich.

Sie zerknüllt die Verpackung in den Händen.

Soll sie umkehren, um eine zweite, dritte, vierte Keksschachtel zu kaufen? Zähne und Zunge sagen Nein. Sagen, das ist es nicht. Das ist keine so seltsam mit Heimlichem, vielleicht sogar Verbotenem, mit Kriegerdenkmal und ETSCH vermischte, zuckerknirschend-buttermehlweich zergehende Köstlichkeit.

Also, unsere Kinder haben nie heimlich genascht. Die Mutter war stolz darauf.

Ich mag kein Vesperbrot,
ich mag jetzt —

Immer mühsamer bewegen sich ihre Füße vorwärts. Vorbei an Hauswänden, von denen der Streusel abblättert. Durch eine Straße, durch einen quellenden, blasenschlagenden Hefeteig. Und der Schnee ist frisch darüber gestreuselt. Sie möchte sich hineinwerfen, sich mit weit geöffnetem Mund darin wälzen, sich verbeißen.

Ich mag jetzt Freßdichtot.

Der Teig gibt nach, die Füße versacken. Ihr schwindelt. Nach Halt suchend, greifen ihre Hände auf kalten Schnee, darunter fühlt sie festen Stein.

Ohne es zu merken, ist sie wieder am Kriegerdenkmal gelandet. Als könnte es hier und nur hier Streuselkuchen geben.

ETSCH.

Sie atmet auf. Wird langsam ruhiger. Als wäre sie wirklich am Ziel.

Sie reißt die Augen auf. Sieht die kaum noch zu

entziffernden Namen der im ersten Weltkrieg gefallenen Männer des Dorfes im Stein. Erkennt ETSCH Buchstabe für Buchstabe.

Der Erinnerungs-Speicher öffnet sich einen weiteren Spalt: Dieses ETSCH war ihr damals neben den heilig klingenden Wörtern MAAS, MEMEL und BELT merkwürdig unpassend vorgekommen. Etsch, du kriegst mich nicht! riefen die Kinder und rannten ums Kriegerdenkmal. Oder: Etsch, bei uns gibt's heute Metzelsuppe!

Eigentlich sollten sie am Kriegerdenkmal nicht spielen oder gar herumklettern. Weil es heilig war, irgendwie. Der kleine Glatzkopf, der immer am Heldengedenktag zwischen den Blumenkränzen dort oben eine gellende Rede hielt, hieß der nicht Käfferlein, der bombardierte die atemlos im Spiel innehaltenden Kinder dann mit besonders unverständlichen Wortgeschossen, die alle so ähnlich klangen wie MAAS, MEMEL oder BELT.

Sie beginnt, den Schnee auf dem Steinpodest mit den Fingern zu kneten.

Damals war das höher. In Kopf-, in Mundhöhe.

Meine Mu-, meine Mu-, meine Mutter schickt mich her, ob der Ku-, ob der Ku-...

Streuselkuchen!
Streuselkuchenteig!
Streuselkuchenteigstreusel!

Endlich schlägt die Erinnerungstür mit erlösender Heftigkeit auf.

Das schwarze Blech im weißen Schnee.

Sie soll es, dick belegt mit Streuselkuchenteig, zum Bauerbäck bringen. Es war im Dorf üblich, daß man dort alles backen ließ.

Das Kriegerdenkmal steht verlockend verboten am Weg. Das Blech ist schwer. Auf dem Podest kann man es bequem für einen Moment absetzen.

Der auf dem Teig gleichmäßig und dicht verteilte Streusel steht jetzt in Mundhöhe.

Zunächst vorsichtig, dann immer gieriger greift die Kinderhand in das lockere Weich. Die andere Hand versucht, den Streuselrest wieder gleichmäßig, etwas dünner, auf der Fläche auszubreiten.

Und während es ihr zuckerknirschend und buttermehlweich zwischen Zähnen und Zunge zergeht, buchstabieren ihre Augen das über ihr im Stein verwitternde Wort ETSCH.

SEHNSÜCHTE IM MAUL

Rotkäppchen fällt aus dem Rahmen

Das Fell hängt wie ein weiter, majestätischer Zottelmantel über seinem sehnig-mageren Körper. Zugewandt ist er ihr mit Haut und Haar. Schwarz und scharf heben sich die tulpenblattspitz auf sie gerichteten Ohren vom weißen Hintergrund ab. Vergleichbar der gekrönten Kreuzotter, die an ihrem linken Schnürschuh zu lecken scheint, züngelt seine Zunge, den stechenden Augen voraus, auf sie zu.

»Wie nun Rotkäppchen in den Wald kam, begegnete ihm der Wolf. Rotkäppchen aber wußte nicht, was das für ein böses Tier war, und fürchtete sich nicht vor ihm. Guten Tag, Rotkäppchen, sprach er. Schönen Dank, Wolf«, grüßte sie zurück.

Sie ist dicht neben ihm, lehnt fast an seiner zotteligen Flanke. Herausfordernd nah steht ihr rechter Fuß im hohen Schnürschuh neben seiner linken Vorderpfote. Ihr dünner Zopf ragt übermütig aus dem Käppchen nach hinten in die Luft. Vor ihrem Bauch hält sie lässig mit beiden Händen den Henkel des prall gefüllten Essenskorbes fest. Die schräg über den Rand hinausreichende Weinflasche berührt seine zottelige Brust.

Das ist ein Bild. Ein schwarzer Linolschnitt auf weißem Grund, nur Rotkäppchens Rock und Mieder, die gekrönte Kreuzotter und einige Blumen zu ihren Füßen wurden nachträglich blau koloriert. Ein Originaldruck offenbar, er steckt in einem grauen Papprahmen und hat mehrere Löcher von Reißnägeln in den Ecken. Die Künstlerin könnte Erika Albert heißen, der Name in Sütterlin-Schrift ist schwer zu entziffern. Ein Bild, das, vermutlich aus früheren Zeiten weitervererbt, über einem Kinderbett hing.

Wenn das Kind Glück hatte, und jemand las ihm das Märchen vom Rotkäppchen vor, konnte es dabei in dem Bild spazierengehen. Manchmal gelang es sogar, den Wolf durch das allabendliche Gebet hindurchzuretten.

...Will Satan mich verschlingen,
so laß die Englein singen:
Dies Kind soll unverletzt sein.

Der Satan trug dann einen weiten, majestätischen Zottelmantel und war dem Kind mit Haut und Haar, mit Ohren, Augen, Maul und Zunge zugewandt. Und es lehnte furchtlos an seiner zotteligen Flanke.

Natürlich gelang das nicht immer. Oft war der Satan eben der Satan und der Wolf war der Wolf, und beide sperrten ihren feurigen Rachen auf, züngelten auf sie zu. Da mußten die Engel sehr lange und sehr sanft singen, bis das Kind sicher war, unverletzt in den Schlaf gleiten zu können.

Meistens war niemand zum abendlichen Vorlesen da. Dann erzählte sich das Kind, während es in dem Bild spazierenging, die Geschichte selbst. Und dann konnte es geschehen, daß Rotkäppchen von sich aus zu sprechen oder doch zumindest laut vor sich hinzudenken begann. Manchmal bewegte es sich dann auch in seinem Papprahmen.

»Mache dich auf, bevor es heiß wird«, sagte die

Mutter zum Rotkäppchen, »und wenn du hinauskommst, so geh hübsch sittsam und lauf nicht vom Weg ab, sonst fällst du und zerbrichst das Glas.«

Warum fällt man eigentlich nur hin, wenn man vom Weg abkommt? Der Weg ist doch so steinig und ausgetrocknet. Rotkäppchen reibt sich nachdenklich das rechte Knie über dem unordentlich heruntergerutschten Strumpf. Aber wenn man in den Wald hineinläuft, zwischen den Bäumen hindurch, dann kann gar nichts zerbrechen, wenn man fällt. Kein Knie und kein Glas und nichts. Da sind doch Blumenteppiche ausgebreitet und samtgrüne Moospolster, zum Versinken.

Warum die Mutter nur so eine Angst davor hat! Ob sie nicht weiß, wie prickelnd schön das ist, barfuß in Laub und Moos? Am aufregendsten ist es, wenn nach dem langen Winter zum ersten Mal die Frühlingssonne scheint und die Mutter schickt mich ahnungslos zur Großmutter. Natürlich würden die Erwachsenen sagen, es ist noch zu kalt und zu früh, selbst im Garten, wo ich wenigstens im Sommer ohne Schuhe und Strümpfe herumlaufen darf.

Rotkäppchen bückt sich und nestelt, während der Wolf ihr unverwandt zusieht, die endlos langen Senkel der Schnürschuhe auf und schlüpft hinaus. Dann rollt sie die unordentlich heruntergerutschten Strümpfe weiter abwärts, zerrt sie über die feuchten Zehen. Wie das prickelt unter den nackten Sohlen, als ob die Füße Brause lecken! So muß sich ein Baum fühlen im Frühling, wenn er den Saft durch die Wurzeln aufschlürft.

Na du? Rotkäppchen hat sich, mit vom Bücken gerötetem Kopf, wieder aufgerichtet und blickt den Wolf an. Was stehst du da wie eingewachsen und starrst auf meine Zehen? Du hast's gut, du weißt gar nicht, wie das ist, wenn Füße in dumpfen Schuhen verschnürt und gefangen sind.

Ich rede heute anders als früher, meinst du? Mag sein, mir ist so eng, als würde ich selbst ganz und gar in so einem finsteren Schnürschuh stecken, ohne Licht und Luft. Ich spür mich wachsen da drin, aber gleichzeitig schnürt irgendwer den Schuh immer fester zu. Oder ist das der Rahmen, der mich einengt, was meinst du, mein Zotteltier?

Den Wolf hat das Kind nie reden hören. Da waren immer nur, wenn es Glück hatte, Rotkäppchens Gedanken und Fragen.

Mittlerweile ist das Kind zwölf Jahre alt geworden und kein Kind mehr. An der Wand über ihrem Bett hängen jetzt Poster von Rockstars und Pferdebilder. Der Linolschnitt vom Rotkäppchen mit dem Wolf fällt etwas aus dem Rahmen in dieser Umgebung, aber sie kann sich nicht entschließen, ihn abzunehmen.

Eines Abends liegt sie wieder einmal auf ihrem Bett. Während ihr Blick abwesend die Wand mit den Postern entlangwandert, fallen ihr Satzfetzen aus dieser Musikkassette ein, die sie am Nachmittag bei ihrer Freundin im abgedunkelten Zimmer gehört hatte. Die Freundin fand die Musik »ätzend heiß«, die

Gruppe, »Venom« hieß die oder so ähnlich, betreibe Satanskult und so Sachen.

Howl like a wolf, fällt ihr ein. Become the son of Lucifer. Und: the virgin, she dies, and satan, he cries, oder so ähnlich.

Nein!! Sie setzt sich im Bett auf, sie wehrt sich, sie wünscht sich alle Engel herbei, sie möchte beten, es hilft nichts, da schiebt sich ein riesiges, weit aufgesperrtes Maul von der Tür her auf sie zu, unaufhaltsam, sie kann die spitzen Zahnreihen erkennen, die schwarz und scharf auf sie gerichteten Ohren, die Augen wie Messer blitzend, die Zunge, sie spürt einen heißen Atem auf ihrem Körper, gleich wird die Zungenspitze sie berühren, in sie hineinstechen, nein, das ist eine Kreuzotter, die aus diesem Maul züngelt, auf sie zu!

Sie will fliehen, durch die Wand, verkrallt sich dort. Ein stechender Schmerz unter den Fingernägeln, Blut. Ein verwischter Tropfen Blut auf einem grauen Papierrahmen. Den hält sie in Händen, wie Waffe und Schild zugleich, den läßt sie sinken, mit dem legt sie sich aufs Bett nieder, atmet tief aus. Das Zimmer hat kein Maul mehr, und draußen lärmen die Vögel.

Ihre Augen beginnen, zunächst sehr vorsichtig und wie mit weichen Knien, in dem alten Kinderbild herumzugehen. Dieses Rotkäppchen, eigentlich sieht es ja lächerlich kindisch aus und so altmodisch angezogen. Aber der Wolf, na ja, der ist schon ganz gut getroffen. Wie er sie anstarrt! Lüstern und liebevoll. Geht das denn zusammen?

Jetzt fällt ihr zum ersten Mal auf, daß die beiden

gar nicht mehr auf einem schön ordentlich geraden und sauberen Weg stehen. Um sie herum wachsen Blumen. Gut, es sind nur einige wenige zu sehen, zwei Enzianblüten, Gräser und ein kleiner Busch, sicher gibt es mehr und schönere, wenn die beiden weitergehen, noch weiter vom Weg ab, aus dem Bild hinaus. Dann wird Rotkäppchen sich wieder von diesem lächerlichen Schnürschuhen befreien. Wie war das, das hat sie doch einmal so schön erzählt? – Statt Rotkäppchens Stimme hört sie jetzt aber plötzlich den Wolf reden, zum ersten Mal. »Rotkäppchen, sieh einmal die schönen Blumen, die ringsum stehen, warum guckst du dich nicht um?« Dunkel ist diese Stimme und wird so moosweich jetzt, man könnte drin versinken. »Ich glaube, du hörst gar nicht, wie die Vöglein so lieblich singen? Du gehst ja für dich hin, als wenn du zur Schule gingst, und ist so lustig haußen in dem Wald.«

Nein! schreit Rotkäppchen jetzt verzweifelt, ich seh's schon und hör's doch so deutlich. Aber du mußt mir aus dem Schuh heraushelfen, ich ersticke sonst. – Ja, jetzt ist es gut. Wie das prickelt unter den nackten Sohlen, als ob die Füße Brause lecken! Ich bin ein Baum im Frühling, der den Saft durch die Wurzeln aufschlürft. Schau doch, jetzt wachse ich. Ja, nimm mir die kindische Kappe vom Kopf, lös mir den steifen Zopf und laß den Wind in meine Haare. Wie sie nach oben wehen und nach den Seiten, über das Grau hinaus. Und meine Füße, schau doch, sie stoßen schon unten an, es schwankt mir unter den Sohlen.

Halt mich! schreit Rotkäppchen, da ist noch einmal

Angst in ihrer Stimme, fang mich auf, Wolf, ich fall'
aus dem Rahmen!

Komm, sagt die beruhigende Stimme des Wolfes,
komm, mein Mädchen, wir gehen.

Das Fischweib

Als ihr Schatten über mein Bild fiel, als sie die Schiffe vom Papier wischte, als ihr Schwarz mich das erste Mal ein paar Schrittsekunden lang in Besitz nahm – da ahnte ich schon, daß das kein gewöhnlicher Schatten war, da fiel mir der Bleistift aus der Hand, da begann das Pochen unter meiner Haut.

Sie war schon an mir, der ich rittlings auf einem der Poller am Hafen saß, vorbei durch die schräg über dem Meer stehende Sonne hindurchgegangen, als ich, von dem Schatten getroffen, aufblickte. Zuerst sah ich nur ihr Haar, sah einen schwarzen, wuchernden, züngelnden Busch. Medusa fiel mir ein, die Schlangenhaarige. Lockend wippte das von mir weg auf die steinerne Landungsmole zu. Jetzt bemerkte ich auch ihr schwarzes Kleid, dem Körper angeschmiegt wie die eigene Haut, ihre Füße nackt auf dem Stein.

Ich sprang auf, machte ein paar Schritte, blieb stehen. Sie ging, als gäbe es für sie kein Ende der Mole, als trüge sie Wasser wie Stein. Spät erst glitten die ankommenden Fischer in meinen verengten Blick. Die zog sie, hinausschreitend, auf sich zu – eine schwarze Figur im Schnittpunkt knisternder Fäden. Auch mich zerrte sie, mir abgewandt, noch näher heran.

Mit knappen, wissenden Handgriffen legten die Fischer an. Schienen diesen schwarzen, erwartungsvollen Schlangenbusch, der jetzt jäh am Ende der Mole stehengeblieben war, zu kennen. Und doch hielten sie einen Moment inne, ihre Blicke konzentrierten sich auf das Weib, bevor einer nach dem anderen mit einer lauernden Langsamkeit seinen Fang aus dem Boot hob und auf den Steinen ausbreitete.

Meine Haut spannte sich schmerzhaft über den pochenden Schlägen.

Während die Sonne das Meer berührte, begannen die Fischleiber auf der Mole silbern blitzend aufzuschnellen, als leckte das Wasser mit glänzenden Zungen über die Steine. Die Fischer waren aus den Booten gestiegen, jeder hockte bei seiner Beute und machte sich mit dem Messer darüber her.

Das war der Moment des Weibes.

Langsam und selbstsicher schritt sie von einem zuckenden Beutehafen zum nächsten. Ihr Blick sog das Silber in sich hinein, wog es ab, befand es zu leicht, wanderte weiter.

Das heftige Pochen unter meiner Haut ging in ein Zucken über. Ich lag unter ihren saugenden Augen, ahnte wohl schon, daß ich erst zum Mann werden würde, wenn sie mich verschlungen hätte oder ich sie.

Sie schritt die Runde ab. Die Fischer schienen auch das zu kennen. Nur ein leises Lauern in ihren Augenwinkeln zeugte, während sie mit festen Händen nach den aufschnellenden Fischleibern griffen, von ihrer Aufmerksamkeit.

Das Weib hatte die Runde beendet.

Nun drehte sie sich mit einem heftigen Ruck um, blieb vor einem jungen, schmalhüftigen Fischer stehen, er hatte den kleinsten Beuteberg vor sich aufgebaut. Aber da war ein Leib dabei, mit aufgerissenem Maul schwamm er rotbäuchig auf dem silbrigen Grund der anderen und behauptete sich mit kräftigen Bewegungen. Es war der größte Fang des Tages.

Die anderen Fischer hatten ihre Messer sinken lassen. Alle Blicke waren auf die beiden gerichtet. Das Weib stand, leicht gebückt, ihre rechte Hand nach dem großen Fisch ausgestreckt, nur noch einen Zugriff weit von ihm entfernt. Die Beute schien in einer letzten Bewegung auf sie zuzuschnellen. Sie aber blickte unverwandt den Fischer an, dessen Oberkörper kippte, wie von einem Draht gezogen, ihr zu. Die Sonne hatte ihren Leib ins Meer versenkt, so daß es jetzt von ihr glühte. Kein Laut war zu hören. Nur das Wasser schmatzte leise mit der Mole.

Da ging eine kurze Bewegung, wie ein endliches Nachgeben und Atemholen, gleichzeitig durch die beiden aufeinander zu gespannten Körper. Mit einem blitzartigen Zugriff packte das Weib den Fisch und stürzte, die Beute wie ein Kind an die Brüste gepreßt, von der Mole weg, an mir vorbei, ins Dorf hinein.

Ihr Gesicht sah ich nur für einen Moment: ein gegerbtes Braun, hohe Wangenknochen, Lippen, wie die weit auslaufenden Wellen am Strand. Die Augen, die Augen — waren sie grau, ich konnte die Farbe nur erahnen, unerwartet, kein glühendes Schwarz, eher schimmernd wie die Schuppen der Fische. Ich merkte kaum, wie sie mich hinter sich herriß, wie die Blicke der Fischer uns folgten. Sie glitt an dem schäbigen Hafencafé vorbei. Dort griff ein Mann unsicher tastend, während seine Augen das Weib mit dem

Fisch verfolgten, nach seinem Glas und leerte es in einem wütenden Zug. Und ich hörte eine alte Frauenstimme von oben etwas schreien, was wie eine Verwünschung klang.

Mit ein paar Sprüngen war auch ich an der Ecke des Cafés – die Eselstreppen, die den Berg hinaufführten, dösten breit und ausgetreten. Ein Hund lag im Staub und jaulte leise. Nichts sonst.

Ich irrte an dem Abend noch lange durch das Dorf, entdeckte Gassen, die ich noch nie gegangen war, verlor mich. Als die Mauern mich wieder freigaben, suchte ich im herabstürzenden Dunkel die steinbewehrten Hügel ringsum ab und spürte, wie sie sich schlossen. Als hätten sie ihre Beute verschlungen und ihr schwarzes Maul endgültig zugemacht.

Mag sein, daß ich die Möwe schon an diesem Abend über den Hügeln schreien hörte. Daß mir, wie ein vorüberhuschendes Rätsel, die Frage auftauchte, was sie hier suchen könnte, im Grau, im kalten Stein, wo kein Wasser ist.

Am nächsten Tag war ich früh am Hafen. Ohne Papier und ohne Bleistift. Die Sonne stand noch unentschieden über dem Wasser. Ich sah die Fischer weit draußen, schwarze Punkte, verteilt über das türkisfarbene Meer. Einige Möwen hingen in der Luft, flatternd und dann wieder regungslos, und das Wasser schmatzte gleichgültig mit der Mole.

Mein Blick wanderte zu den zeitunglesenden, schwatzenden Männern vor dem Hafencafé. Gegenüber hockte eine alte Frau im Torbogen und strickte.

Lange saß ich so. Und langsam, unmerklich zunächst, begann, mit der Ruhe und Unbedingtheit der steigenden Flut, sich ein Netz um mich zusammenzuziehen. Ich spürte das wachsende Pochen unter meiner Haut. Die schwarzen Punkte auf dem Wasser waren in einen Sog geraten, die Fischerboote strebten der Molenspitze zu, ich konnte den klatschenden Ruderschlag schon hören.

Da änderte sich auch die Szene am Hafencafé. Ich sah, wie die alte Frau im Torbogen ihr Strickzeug sinken ließ, wie sich ihre Lippen bewegten. Die schwatzenden Männer tasteten nach ihren Gläsern und waren plötzlich still.

Sie kam.

Dieses Mal konnte ich ihr Gesicht von weitem auf mich zukommen lassen. Sie schien mich nicht zu beachten. Grau, diese Augen, ja grau, das sah ich. Aber was sagt schon das Wort grau? Wie das Meer in den seltenen Momenten, wenn es sich ganz auf sich selbst besinnt, wenn es seine letzte Kraft in sich hineinzieht, wenn es so still und so fremd ist, daß du weißt, gleich bricht es los, gleich sagt es bedingungslos: Ich. Ich will.

Und wieder das Ritual, atemlos verfolgt. Sie schreitet abschätzend, lauernd, züngelnd den Kreis ab. Zieht mich hinein. Ich, zuckend, nach Luft schnappend, im Mittelpunkt. Schreckliches Gefressenwerden, schönes Verschlungensein.

Aber als sie wieder, dieses Mal bei einem grauhaarigen Fischer mit einem breiten, aufgeschwemmten Gesicht, nach dem Kampf der Augen siegreich zugegriffen hatte, sich wieder einen weichen, großen, silbrigen Fischleib an die Brust drückte und losstürmen wollte, da wachte ich rechtzeitig auf, hatte meinen Kopf aus dem Netz gezogen, begann mit ihr zu laufen, hastete fast neben ihr her, dachte: dieses Mal entwischst du mir nicht.

Ich blieb so dicht, daß ich mich in ihren schwingenden Haarbusch hätte einkrallen können und hörte, wie die Fischer hinter mir herzischten. Das Fischweib – jetzt wußte ich ihren Namen – das Fischweib tauchte am Hafencafé unter den Verwünschungen der Alten und den Augen der Männer hindurch, machte eine unerwartete Bewegung nach rechts und glitt in eine Gasse hinein, die ich vorher nie gesehen hatte, ein Mauerspalt nur, ich spürte an den Schultern den Stein. Gleich verschwand sie wieder nach links, ich stieß mir die Hände und hastete weiter. Hastete, nein, es war wie ein Schwimmen im Traum; du bewegst dich, du bewegst dich nicht, du ruderst mit den Armen und bleibst doch stehen. Aber ich hielt mich hinter ihr.

Wie lange wir so durch die Mauern geglitten waren – ich weiß es nicht. Plötzlich aber taten sich Farben auf, Rot auf Weiß und Rot auf Grün, es wurde weit nach der lange Enge. Und langsam erkannte ich das Rot als das letzte Glühen der Sonne auf dem Weiß der Felsbrocken und auf dem Grün verkrüppelter Olivenbäume.

Aber als ich die Farben entziffert hatte, in die das Fischweib getaucht war, fiel ein kaltes Grau über meine Augen. Und sie, eben noch zum Greifen nah, war versunken, wie nie gewesen, vom rissigen Boden verschluckt. Ein steinernes Gewicht legte sich auf meine Schultern, drückte mich zur Erde.

Da sah ich die Möwe zum ersten Mal. Sie schien aufmerksam, gespannt, kreischend vor Gier einer unsichtbaren Spur zu folgen, die sich zielstrebig um Felsen und Ölbäume herum bergauf zog. Gelähmt, unfähig, die Füße zu heben, konnte ich erkennen, wie die Möwe im Sturzflug herabstieß, sich mit kräftigen Flügelschlägen wieder in die Luft hob, am Scheitelpunkt des Aufstiegs innehielt, hinunteräugte und ihr Ziel ein paar Schritte weiter bergauf erneut steil anschoß. Etwas zog sie immer wieder hinauf, etwas riß sie immer wieder herab. Langsam verlor sich ihr Schreien in die Nacht.

Als ich im Morgengrauen mit schmerzenden Gliedern auf kaltem Stein erwachte und langsam zu mir kam, wußte ich: Heute würde ich hier, an dieser Stelle, wo ich sie verlor, auf sie warten. Heute würde ich ihr auf den nackten Fersen bleiben, würde sehen, wohin sie gleitet, würde sie erkennen.

Es war ein seltsamer Tag dort oben.

Die Sonne rollte durch die Olivenbäume, ließ die Früchte seidig glänzen, weckte die Zikaden, faßte nach meiner Haut, streichelnd erst, wohlig wärmend, sengender dann, stach zu, warf mich herum auf dem glühenden Stein, kochte mich gar unter dem gleichmütigen Sägen der Zikaden, ließ mich aufschnellen, zusammensinken dann, ergeben, willig, zum großen Fraße hingebreitet.

Es muß ein Schimmer von dem Weiß und dem Rot und dem Grün gewesen sein, der, durch meine verklebten Lider hindurchsickernd, mich plötzlich auffahren ließ. Ich wußte wieder, warum ich hier ausgeharrt hatte in dieser mörderischen Sonne, bis sie nur noch rot durch die hartgegerbten Blätter sickerte. Ich wußte wieder, worauf ich wartete. Das Fischweib. Ich war da. Mit jedem versengten Härchen auf meiner Haut.

Die Möwe kam zuerst. Hing plötzlich in der grauroten Luft über mir, als wäre ich ihr Ziel. Da änderte sie jäh die Richtung ihres gierigen Flugs. Ich sah, wohin der Vogel stürzte.

Schwarz tauchte das Weib auf. Hatte den Fisch an die Brust gedrückt, heute kam er mir kleiner vor. Ich duckte mich hinter meinem Stein. Sah, fast gestreift von ihrem Haar, wie sie sich rasch eine Schnur vom Hals band, an der ein verrosteter Angelhaken hing. Sah – atemlos, das Zucken raste unter meiner Haut –, wie sie mit einem blitzartigen, wie tausendmal geübten Griff dem Fisch den Haken in das Maul stieß und die Schnur mit der silbrigen Last schulterte. Sah – welch ein Bild, ich war benommen und stürzte doch gleich, gezogen, als hinge ich an der Schnur, hinter ihr her –, wie der silbrige Fisch, halb versinkend, halb auftauchend in dem schwarz ihn umflutenden Haar auf ihrem Rücken auf- und abtanzte, eins mit ihrem Gang.

Und jetzt die Möwe. Sie stieß rauh kreischend in dieses lockende Meer hinunter, riß sich ein Stück Beute heraus. Und wieder und wieder zog das

Fischweib mit seinem Köder den Vogel zu sich herab, folgte aber gleichzeitig unbeirrt den Windungen des Pfades um Felsen und Ölbäume herum, wandte nicht den Kopf.

Die Dunkelheit war, während die Möwe unablässig auf- und abstieg, nach und nach wie ein schwarzes Tuch über uns herabgesunken. Ein breiter Sichelmond krallte sich in den kalten Himmel. Irgendwann war der Vogel nicht wiedergekehrt. Ich konnte das Fischweib nur noch ahnen vor mir, wollte sie aber nicht, wollte sie nie mehr verlieren, biß die Zähne aufeinander.

Doch dann traf mich das letzte Bild.

Das Fischweib trat vor mir aus dem Dunkel eines Ölbaums heraus in das Mondlicht, und ich sah, wie ein säuberlich abgehobenes, weißes Filigranmuster im Schwarz: das schimmernde, reine Gerippe in ihrem Haar.

Noch ein letztes Mal ging ich zum Hafen. Ich wußte jetzt die Zeit. Die Fischerboote schlugen schon dumpf an die Mole, ich erwartete, daß die ersten jungen Burschen an Land springen würden. Aber sie sprangen nicht. Da war etwas ungewöhnlich Langsames, eine Leere in ihren Blicken. Das Meer war anthrazitgrau an diesem Tag, so geballt in sich, als wollte es nur noch Ich sagen und nichts mehr, nicht den kleinsten Seestern mehr hergeben, als wollte es sagen: es ist genug.

Die Fischer knoteten umständlich ihre Taue fest, machten aber keine Anstalten, etwas aus den Booten zu heben, starrten nur mit schmalen Augen zum Dorf. Und richtig. Sie kam. Wie immer. Blieb dann aber jäh stehen. Sah, daß sich nichts silbern blitzend auf der Mole bewegte. Blickte auf die leeren Hände der Fischer, die noch immer umständlich an den Tauen nestelten. Bis einer aufstand, langsam in sein Boot stieg und mit einer triumphierenden Geste den einzigen Fisch in hohem Bogen ihr zu Füßen auf die Steine warf, daß es laut klatschte.

Es dröhnt unter den Schuppen. Mit weit aufgerissenem Maul liege ich vor ihr. Zum ersten Mal sehen wir uns an.

Weiberkraut und Männerkrieg

Wie ein blutender Bauch hängt die Sonne über dem Unterdorf. Weiberkraut müßte darauf, fährt es Marei durch den Kopf – Christoph damals, die rote Spur durch den Garten.

Weiberkraut. Seltsam, denkt Marei, die Leute vom Unterdorf nennen es Männerkrieg. Sonnenwendgürtel hat ihre Mutter dazu gesagt. Diesen Sommer war es besonders hoch und kräftig gewachsen. Es stillt das Blut, aber es drängt es auch heraus aus den Bäuchen der Frauen, wenn es kommen soll und nicht will.

Marei setzt sich auf die Holzbank vor dem Haus, lehnt sich an die noch sommerabendwarme Wand, streckt die Beine weit gegrätscht von sich. In großen, gierigen Zügen trinkt sie die Milch. Noch ist das Euter der Ziege prall, obwohl der Wurf einging.

Die Sonne ist hinter das Kirchendach gesunken. Weiberkraut oder Männerkrieg – Marei schüttelt ihre roten Kraushaare. Wie viele seltsame Namen so ein einziges Kraut hat. Weißer Bock fällt ihr noch ein, so hat es die Muhme genannt. Und die Kathrein hat erzählt, daß es Wunder wirkt.

Die Abendglocke bimmelt in den roten Himmel. Mechanisch faltet Marei wie gewohnt die Hände.

> Lieber Mensch, was soll's bedeuten,
> dieses Abendglockenläuten?
> Es bedeutet abermal
> deines Lebens Ziel und Zahl –

Christoph mit der Sense, sein Aufschrei plötzlich im

Garten, die Blutspur. Das Weiberkraut, die staubiggrauen Blüten von der Wand gerissen. Das Stöhnen, die Nacht.

> Dieser Tag hat abgenommen.
> Marei murmelt weiter, ihre Gedanken fliegen,
> so wird einst der Tod herkommen.

Beifuß hat es die Kathrein genannt und erzählt, daß es den Wanderer nicht müd werden läßt, der es sich um die Füße bindet.

> Lieber Mensch, bekehre dich,
> daß du sterbest seliglich. Amen.

Diese seltsam atemlosen Tage und Nächte, als Christophs Bein so wunderbar schnell geheilt war und Marei die Kinder noch bei der Muhme ließ, als Christoph nicht hinauskonnte oder wollte aufs Feld.

Da verlangte er wieder und wieder nach ihr. Sie schwebten, flogen, ritten davon. Ein gärendes Glück wie nie zuvor.

Aber das Gären war auf den Tod gewesen. Die Wunde hatte sich geschlossen und ein Gift in den Körper geschickt, das breitete sich schleichend, katzengleich aus.

Marei schüttelt sich, trinkt den letzten Schluck Milch, blickt den Weg zum Dorf hinunter. Kommt da jemand? Eine schwarze, hagere Gestalt – aber jetzt huscht sie um die Ecke zum Reuterleinshof, 's ist wohl die alte Müllerin, die zur Kathrein geht, das zweite Kind muß bald da sein.

Früher, als der Christoph noch lebte und die Kinder noch im Garten herumsprangen, waren sie am hellichten Abend gekommen, wenn die Kühe gemolken, Heu, Korn oder Rüben eingefahren waren. Sie kamen und sagten: Marei, die Milch will nicht einschießen. Der Mann geht mit einer anderen. Die Kühe haben schwarze Mäuler. Sie holten sie, wenn die Wehen begannen, oder sie kamen und sagten: »Das Kind will ich nicht«, dann flüsterten sie, aber sie kamen.

Seit es nun aber den großen Medicus in der Stadt gibt, da kommen sie seltener, heimlicher, wenn die Nacht schon ihr großes, schwarzes Kleid über die Dächer geworfen hat.

Marei seufzt, steht auf und geht hinein. Sie verriegelt die Tür, schließt das kleine Fenster. Seit sie alleine ist, die Kinder aus dem Haus, ist sie vorsichtiger geworden. An der Wand neben dem Kruzifix aufgereiht, an Nägeln kopfunter hängend, die trockenen Büschel. Noch ihre Schatten und ihren Geruch kann Marei unterscheiden: Venuskutschen, Sagenkraut, Alraune, Zigeunerkraut, Raute, Irrwurz, Donnerrebe. Und in den Tontöpfen auf dem Bord: Mehlmutter, Schlafkirschen und zuhinterst –

In der letzten Nacht Christophs Stöhnen plötzlich, das Schreien, der kalte Schweiß. Mit fliegenden Händen hatte Marei die Salbe gemischt, Venuskutschen, Schlafkirsche, Zigeunerkraut, ach, das nannten sie auch Todesblumenkraut. Er war still geworden, sein Leib glänzte von Salbe und Schweiß. Er lächelte, »ich fliege«, lallte er, »eine Eule bin ich, die Federn spür ich am ganzen Körper.« Und es gärte noch einmal auf in ihm, »komm, trink und tanz, ah, du schmeckst mir.«

Marei schüttelt sich wieder. Daß das alles heut abend herkommt, als wär's gestern gewesen und ist doch zwei Jahr schon her.

Beim Ausziehen blickt sie noch einmal durch das einzige kleine Fenster die Straße zum Dorf hinunter. Wenn noch eine käme – es waren eigentlich nur mehr Frauen, die sich heraufwagten – wenn noch eine käme, sie könnte Rock und Mieder schnell wieder überstreifen. Und es könnt' schon wieder einmal eine kommen, vom Brot ist nur noch ein harter Kanten übrig, der Speck im Rauchfang beginnt zu schimmeln, der letzte Wurf Zicken war eingegangen, kein Kraut wollte da helfen.

Es kommt niemand.

Marei durchschauert es, als sie beim Ausziehen plötzlich für einen Moment ihre nackten Brüste in den Händen hält.

Die Salbe. »Hexensalbe«, hat die Kathrein mit einem Lauern in den Augenwinkeln im Sommer gefragt, »hast du auch Hexensalbe?« Es war der Marei wie mit eiskalten Spinnenbeinen den Rücken heruntergelaufen. Im Frühjahr waren Geschichten wie Rauchschwaden durchs Dorf gezogen. Geschichten von Hexen, die man in der Stadt gefangen und verbrannt hatte. Marei hat sich, der Kathrein gegenüber, breitbeinig mit dem Rücken vor ihre Tontöpfe gestellt und mit brüchiger Stimme gefragt: »Hexensalbe, was soll das sein?« Und fester hinzugefügt: »Du weißt genau, Kathrein, was ich hab' und wofür's gut ist. Sonst hab' ich nichts und weiß nichts.« Und die Kathrein, weil ihr Kind im Fieber lag und die Marei ihr Kräuter für einen Tee mitgab, zog freundlich wieder ab.

Marei legt sich nieder, verschränkt die Arme unter dem Kopf, starrt in die Fensteröffnung. Es kommt hell herein, der Mond wird morgen voll sein. Venuskutschen, Schlafkirsche und Zigeunerkraut, ach, sie nannten es auch Todesblumenkraut. Seit jener Nacht hat Marei die Salbe nicht mehr angerührt, sie fest verschlossen in die hinterste Ecke auf dem Bord gestellt.

»Die Venuskutschen macht ein Kribbeln auf die Haut, es ist als hättest du ein Fellkleid oder Federn«, hat die Mutter erklärt. Als Kind hat Marei einmal vorsichtig mit geschlossenen Augen so ein vielzackiges Blatt, wie eine Hand mit vielen verzweigten Fingern, auf ihrem Arm verrieben und auf das Kribbeln gewartet. Aber es geschah nichts.

Schlafkirsche und Zigeunerkraut versteckte die Mutter. »Du bekommst Träume, denkst du fliegst, aber 's ist keine Hexerei dabei, hörst du!« Die Mutter hat sie mit großen, strengen Augen angeschaut, »auch wenn's Leute gibt, die so reden.« Erst kurz bevor sie starb, da war Marei schon mit Christoph verheiratet, verriet ihr die Mutter das Salben-Rezept. »Wend' es nur an in größter Not, wenn sonst nichts mehr hilft, es betäubt den Schmerz, macht schöne Träume. Aber man soll keinen Spaß nicht damit treiben.«

Marei spürt, wie ihre Hände, als seien es nicht ihre

eigenen, über ihren Körper fahren. Getrennt die Innenseite der leicht angewinkelten Schenkel hinauf, sich über dem Haarberg vereinigend, sich wieder teilend über dem Bauch, zu den Brüsten aufwärts. Schöne Träume, voller Freud und wilder Liebe. Zwei Jahre schon leer, ausgedörrt, jungfräulich, bald wieder zugewachsen.

Die Salbe. Du fliegst fort, dort tanzen sie, essen, trinken, liegen im Gras –

Die Reihe der Tontöpfe auf dem Bord glänzt im Mondlicht. Marei richtet sich auf.

Eine Eule bin ich, die Federn spür ich am ganzen Körper. Komm, trink und tanz, ah, du schmeckst mir.

In die hinterste Ecke reicht das Mondlicht nicht.

Marei weiß, der Topf hat eine Kerbe seitlich. Ihre Finger fahren in die Vertiefung wie in eine Wunde. Es riecht ranzig.

An die Brüste gepreßt trägt sie den Topf zum Lager. Wirft die Decke zur Seite. Legt sich bebend, alle Poren geöffnet.

Sie steckt den Finger tief in den Topf und beginnt von den Fußsohlen aufwärts zu streichen, wieder und wieder, immer gieriger stößt der Finger in den Topf, sie mischt Speichel in die letzten Reste, streicht hinauf bis zum Hals. Etwas klopft.

Federn, die Federn wachsen. Flügel.

Es klopft lauter.

Fensterflügel. Was klopft an meine Fensterflügel? Marei? Marei!

Eine tiefe Stimme draußen.

Christoph? Christoph!!

Mit einem Schrei stürzt Marei an die Tür, hantiert zitternd am Schloß.

Eine hagere, schwarze Gestalt.

Christoph! Sie fliegt in seinen Arm – im letzten Moment fängt er sie auf.

Ihr nackter Körper drängt sich an ihn. Sie spürt nicht, wie er sie prüfend ansieht, an ihr schnuppert, ihr über die Haut fährt, hört nicht sein erstauntes: »Marei, bist du die Marei?« Und seinem stammelnden »ich komme, weil, die Leute sagen . . .«, macht sie mit wilden Küssen ein Ende. Sie zieht ihn, er sträubt sich noch, er sieht ihren Körper im Mondlicht voll und weiß, sie zieht ihn hinein, »komm, Christoph, wir fliegen, wir tanzen« auf ihr Lager, reißt ihm die Kleider vom Leib, »Christoph, Christoph, daß du da bist, ich verdorre, verdurste.« Und dann, als er immer noch stumm und staunend sich von ihrem wilden, sich aufbäumenden Körper einfangen läßt, in sie hineintaucht, sich fallen läßt, mit ihr auffliegt, vermischt sich ihr Schreien mit seinem. »Christoph, du schmeckst mir, sag's doch wie immer, du bist eine Hexe, sag's doch!«

Die Gestalt neben ihr fährt mit einem Ruck hoch, springt heraus, rafft die Kleider, stürzt aus der Tür.

Marei fliegt weiter. Der große Platz auf dem Berg. Christoph reitet auf einem Faß Wein, Feuerschein, Schreien, Trommeln, sie schlürfen, sie lecken. Trommeln, Flöten, du schmeckst mir –

Im Morgengrauen wieder ein Klopfen, härter, drängender als in der Nacht.

Marei stürzt ab, liegt zerschlagen auf dem Lager. Wo bin ich.

Es hämmert an der Tür. »Marei, Marei!!«

Sie fährt sich über die Stirn, die dunkle Stimme – Christoph? Sie erhebt sich, die Beine tragen sie kaum, öffnet. Die hagere Gestalt tritt einen Schritt zurück.

»Marei«, flüstert er.

»Wer bist du?«

»Der Reuterlein Wilhelm, war lange fort, kam gestern heim. Ich wollt' dich warnen, Marei, schon heut' nacht.«

»Der Wilhelm – schon heut' nacht? Du warst –?«

»Ja. Marei, du warst nicht bei dir heut' nacht, ich konnt dir nichts sagen, hör Marei –«

»Fliegen, tanzen – oh, es war –«

»Hör doch, Marei! Im Dorf sagen sie, du wärst eine Hexe und heute noch wollen sie dich holen!«

Marei stürzt weiter ab. Die Federn fallen.

»Eine Hexe, ich? Mein Gott!!«

Marei sackt in sich zusammen, es läuft ihr mit eiskalten Spinnenbeinen den Rücken hinunter. Er hebt sie auf, führt sie ins Haus, hilft ihr in die Kleider.

»Bist du denn eine? Marei, heut' nacht, du hast seltsames Zeug geredet. Aber ich war so sicher, weil ich dich doch kenne von damals, wollt' dir sagen, daß du fliehen sollst.«

Wilhelm wirft einen schnellen Blick aus dem Fenster. Er sieht, es ist zu spät. »Sie kommen, Marei, ich muß fort, leb wohl!« Wie ein Schatten huscht er aus der Tür und seitlich am Fenster vorbei hinter den

Stall. Sie schreit ihm nach: »Mit Beifuß an den Sohlen wirst nicht müd.« Und, leiser dann: »Sie nennen's auch Weiberkraut oder Männerkrieg.«

Das Lächeln der Füchsin I

»Ich-bin-hier-du!«

Gewagt hoch setzt du an, Goldener! Aber deine Stimme kippt nie lächerlich um wie bei den Halbwüchsigen, Möchtegernen. Und dein langgezogenes »Du« — jedes Mal fährt es mir durchs aufgestellte Fell, gegen den Strich. So brusttönend dunkel klingt das aus, unverwechselbar, dein Locken.

Ich presse mich zitternd in die Schonung. Aber meine Ohren ragen wie rostrote Dreiecke aus dem aufgeschossenen Grün. Und mit deinem Gesang trägt der Morgenwind auch deinen Geruch herüber, vermischt mit dem des blühenden Getreides.

Ach, Goldener, hätt' ich dich doch nie gesehen, gerochen, gehört! Nichts ist wie früher mehr, nichts.

Aber will ich denn wirklich zurück in das alte Leben, gleichmütig, wie das Wasserplätschern am Bach? Zurück in das dumpfe Einerlei aus jagen, fressen, schlafen, ab und zu ein Fuchsmann, die Jungen dann, wieder jagen, fressen?

Irgendwann lag ich, wie schon so oft, am Rand des Getreidefeldes auf der Lauer. Ein Huhn hatte sich unter dem Gartenzaun ein Loch gescharrt, war hindurchgeschlüpft. In die Freiheit, was Hühner so Freiheit nennen. Es lief, eifrig kopfnickend, nach rechts und links pickend, direkt auf mich zu. Ich spannte meine Muskeln zum großen, zupackenden Sprung —

Da tauchte etwas Goldenes unter dem Zaun hindurch. Blutrot der Kamm. Viel glänzender als alle Weizenfelder die Federn. Mit Weinrot vermischt schwangen sie sich von den Flügeln nach hinten in den hochaufgestellten Schwanzbogen. Mir troff das Wasser aus der Schnauze. Aber ich lag wie gelähmt. Starrte ins Gold. Gegen den Strich fuhr mit etwas durchs Fell, anders als die Gier auf saftiges, bluttriefendes Fleisch. Aber anders auch als dieses eher lästige Gefühl, wenn ein Fuchsmann mir raunzend nachsteigt.

Wieder setzt du so gewagt hoch an: »Ich-bin-hier« und läßt es so dunkel, so zärtlich ausklingen: »Du –.« Wen rufst du, Goldener? Deine Henne? Ach, deine Henne! Dieses gickernde, gackernde, pickende, nickende, krakehlende, aufgeplusterte Weibchen, das nichts weiß von den nächtlichen Stimmen im Wald, vom Geruch der Bäume nach dem Regen, vom Tanz der Sonnenstrahlen in der jungen Schonung. Dieses stumpfweiße Nichts, das durch den Zaun nur kriecht, um hastig nickend zu fressen. Das zurückfliegt, sobald die Bäuerin es ruft. Das sich platt auf die Erde drückt, wenn du, Goldener kommst. Das geduldiggefühllos dich über sich ergehen läßt, sich nachher schnell die Federn zurechtschüttelt, damit sie wieder, als sei nichts geschehen, schön glatt und stumpf am Körper liegen.

Ach – ich hab' dich gesehen, wie du damals im Freien, was ihr so frei nennt, also jenseits des Zauns, lässig hinter der Henne her warst. Wie du ein, zwei artige Kratzfüße machtest und einen Moment zögertest, ehe du auf sie stiegst. Ich mußte die Augen schließen, mein Zittern fest in den körnigen, sommerwarmen Boden drücken.

Das ist es nicht, Goldener, glaub mir! Ich weiß es auch erst, seitdem ich damals deinen Geruch in meiner triefenden Schnauze zurück in den Wald getragen hatte. Da wart ihr beide, eifrig die Federn schüttelnd, wieder hinter dem Zaun verschwunden. Das ist es nicht, nicht alles. Nein: kaum eine Ahnung davon.

Oh, herausholen möcht' ich dich aus deinen Zäunen und Futternäpfen, dem dumpfen Geruch des Hühnerhauses, aus diesem gickelnd-langweiligen Harem! Zeigen möcht' ich dir meine Welt, die ich auch jetzt erst sehe, weil ich deinen Geruch in der Schnauze und deinen Gesang in den Ohren habe. Durch das Weizenfeld, das deine Farben blasser wiederspiegelt, möcht' ich dich mitnehmen, zum Wald, wo du noch nie warst, den Hügel hinaufrennen, durch die Schonung kriechen. Schau, möcht' ich dir zurufen, die Vögel, wie sie leben in den Bäumen! Goldener, so könntest auch du leben bei mir, schau doch! Und nachts, wenn du bei mir liegst, hörst du die Stimmen, das Käuzchen, die Eule. Da, hörst du? Ein Hirsch schreit, brusttönend wie du, voller Lust.

Bis jetzt kannte ich auch nur dieses ergebene Dukken und Stillhalten, wenn der Fuchs mit aufgestellter Rute hinter mir her war, und ich ihm nicht mehr entwischen konnte. Nur so hatte ich's gelernt, bei meiner Mutter nur so gesehen.

Aber mit dir –

»Ich-bin-hier-du!« Schon wieder rufst du, so stark, so verlockend.

Ich komme, Goldener.

Auch wenn sich noch nie eine Füchsin ihren

Geliebten selbst geholt hat. Auch wenn sie immer nur ergeben wartete, wie deine Hennen auch. Ich komme, ich will dich. Wirst du auch wollen? Du mußt. Mein Bauch ist satt, aber so hungrig.

Aus der Schonung gekrochen, atemlos den Hügel hinuntergerannt, durchs Kornfeld, die Ähren schwanken wild. Am Ende des Feldes heiß atmend innegehalten – ich rieche dich, höre dich, ich komme, das Loch habt ihr gut gegraben durch den Zaun.

Unter dem Pflaumenbaum blitzt es golden inmitten von stumpfem Weiß. Ein Sprung, das Weiß stiebt wie Schnee nach allen Seiten, ich will nur das Gold. Komm, zier' dich nicht, ich pack' dich ganz sanft im Nacken, hinter dem blutroten Kamm. Was schreist du so, was jammerst du, schlägst mit den Flügeln?

Durch das Loch zurück, schnell, den Hügel hinauf, in die Schonung – atemlos, erschöpft. Wir sind da.

Wie schön du bist, so nah.

Oh, Goldener, liebst du mich auch?

Dein Staunen, dein Aufwachen, deine Kraft.

Das ist es. Ich wußte es.

Dieser Tag und diese Nacht. Nie werde ich das vergessen.

Ich hab' dich geliebt –
wie ich dich lieben mußte.

Es war eine Lieb' zwischen Füchsin und Hahn.
»Oh, Goldener, liebst du mich auch?«
Und fein war der Abend, doch dann kam die Früh,
kam die Früh, kam die Früh:
All seine Federn, sie hängen im Strauch.

Das Lächeln der Füchsin II

Es war ein rostrot durchtränkter Augenblick. Er veränderte alles.

In solchen, mir damals verlottert vorkommenden Worten und fremdartig kurzen Sätzen beschrieb er an unserem letzten gemeinsamen Morgen die erste Begegnung mit dieser Füchsin.

Wenn ich, seine Lieblingshenne, die Geschichte seiner Verwilderung jetzt zu erzählen versuche, klingt das natürlich ganz anders.

Also, er stand noch dicht am Zaun, unter dem er, mir hinterher, soeben wieder zurückgeschlüpft war. Ich kann mich daran natürlich nicht mehr so genau erinnern, da es zum alltäglichen Ritual gehörte, er befand sich jedenfalls diesseits und in vermeintlicher Sicherheit, wollte gerade den Schnabel öffnen, um mir, wie üblich danach, ein möglichst verliebt klingendes Gickern hinterherzuschicken. Ich war sicherlich schon wieder, die Federn zurechtschüttelnd, zum Hühnerhaus gelaufen – als er jenseits des Zauns, am Rand des aufgeschossenen Getreidefeldes dieses Tier entdeckte.

Es war wie ein Farbschrei, der alles Weizengelb ringsum niedermachte, so drückte er das bei jenem letzten Gespräch aus.

Erschreckend war dieser erste Anblick sicherlich. Und er wollte natürlich, wie sonst immer bei drohenden Gefahren, mit seinem kräftigen Warnkollern reagieren, von dem die Kleine Weiße einmal behauptet hatte, es unterscheide sich nur durch die Lautstärke von seinem verliebten Gickern, woraufhin er bei ihr nur noch selten und pflichtgemäß seinen Dienst tat. Er wollte seinen Hühner-Harem warnen und hätte besser sich selbst gewarnt. Aber seine Kehle versagte.

Gelähmt starrte er ins Rostrot. Sah zwei glänzend braune Augen und zwei aufgestellte Ohrendreiecke unverwandt auf sich gerichtet. Und — das sind jetzt wieder seine Worte — er erblickte eine Schnauze, die mit heraushängender Zunge lächelte.

Dieses vermeintliche Lächeln der Füchsin war es wohl vor allem gewesen, was sich wie Gift in ihm ausbreitete und ihn verwildern ließ. Das versuchte ich ihm auch an jenem letzten Morgen klarzumachen, ich appellierte an seine Hahnenehre, erinnerte ihn abwechselnd an seine Wonnen und an seine Pflichten in unserem Harem, schimpfte, lockte und lachte ihn aus — vergebens. Obwohl, wer weiß, wenn die Füchsin dann nicht tatsächlich — aber ich greife vor.

Irgendwann, daran kann ich mich nun selbst erinnern, stimmte er doch noch sein großes Warnkollern an, versetzte uns in weißstiebende Aufregung und rief sogar die Bäuerin herbei.

Es entging mir auch nicht, obwohl ich den Grund nicht kannte, daß er schon an diesem ersten Nachmittag danach sehr nachdenklich und zerstreut war. Er stieg zwar, wie üblich um diese Zeit, in seine Badekuhle, schüttelte sich den sommerwarmen Sand kräftig durchs Gefieder, daß es rauschte, pickte auch noch ein paar gesunde Mahlkörnchen für den Magen auf. Aber dann lockte er uns plötzlich mit einem Gickern zu sich, das so klang, als habe er soeben den aufregendsten Leckerbissen der Welt entdeckt. Eine Zeitlang standen wir, mit schräggelegten Köpfen zu Boden äugend, um ihn herum. Als wir nur schale Sandkörnchen unter uns erblickten, verzogen wir uns langsam wieder, gurrten dabei unser ergebenes guuut, guuut.

In der ersten Nacht danach, als er unruhig neben mir auf der obersten Leitersprosse saß, damals dachte ich mir noch nicht viel dabei, schließlich hatte er ab und zu seine Launen, begann sich offenbar schon das Lächeln der Füchsin in ihm auszubreiten. Es wurde ihm klar, so sagte er am Schluß, daß sein Leben von nun an in zwei Teile zerfiel, die nie mehr zusammenzufügen wären: In die Zeit davor und in die Zeit danach.

Am Nachmittag in der Badekuhle habe er sich noch mit dem Gedanken zu beruhigen versucht, daß diese Füchsin sehr satt oder sehr krank gewesen sein mußte, oder daß sie gar keine richtige Füchsin war. Denn, so hatte er weiter analysiert – und das ist ein Punkt, der mir heute noch einen Schauer durch die Federn jagt –: sie muß ja aller Wahrscheinlichkeit nach schon dort im Weizenfeld gelegen haben, als er mir durch das Loch unter dem Zaun hindurch ins Freie gefolgt war.

Früher hatte er mich manchmal ob meiner verwegenen Vorliebe für dieses verlockende Fleckchen jenseits des Zauns gescholten; aber was ist meine schrittweise und jederzeit rückzugsbereite kleine Vorliebe gegen die Entfernung, in die ihn das Lächeln der Füchsin riß?

Es schauert mich, wie gesagt, wenn ich mir vorstelle, daß sie von ihrem Versteck aus in aller Ruhe beobachtete, wie er mir durch das Loch unter dem Zaun folgt, wie er mehrfach im Halbkreis mit gespreiztem Flügel um mich herumgirrt, wie ich mich schließlich ergeben zu Boden drücke, mich breit und besteigbar mache –

Um nicht falsch verstanden zu werden: Nicht, daß sie uns bei der alltäglichen Begattung zusah, macht mich schauern, sondern daß sie zwei verlockend bewegliche Leckerbissen seelenruhig vor ihrer Schnauze gewähren ließ.

Oder war sie keineswegs seelenruhig? Lief ihr wirklich, wie er das am Schluß mit fiebrig glänzenden Augen ausdrückte, soweit hatte er sich bereits in ihre Gefühle hineinphantasiert, lief ihr wirklich, als sie ihn so sah, eine Unruhe duch das Fell, fremd und heftig, gegen den Strich und so anders als die Gier auf bluttriefendes Fleisch? Und war es diese Sehnsucht, die sie mit heraushängender Zunge lächeln machte?

Wenn ich diese Fragen mit Ja beantworten könnte, wäre ich froh. Es gäbe dann noch eine winzige Hoffnung. Nicht darauf, daß er zurückkäme, obwohl ich erst jetzt merke, wie wichtig er uns war, aber daß er noch lebt. Und daß er vielleicht sogar glücklich ist.

Wenn ein Hahn sich soweit verwildern läßt, warum sollte es dann nicht auch möglich sein, daß eine Füchsin soweit zähmbar ist?

Die Kleine Weiße schaut mich in letzter Zeit

manchmal prüfend von der Seite an, wenn ich so etwas andeute. Als befürchte sie, er hätte mich angesteckt. Aber ich schweife ab —

Also: Am ersten Morgen danach krähte er schon lange vor Sonnenaufgang. So laut und sehnsüchtig, daß ich mich wunderte. Und als die Bäuerin die Stalltür öffnete, war er zum ersten Mal unhöflich. Ließ uns nicht, wie sonst, den Vortritt, sondern zwängte sich gleichzeitig mit uns durch die Öffnung. Weiter fiel mir da schon auf, daß er sehr wenig fraß und vom Futternapf weg sofort zum Zaun lief. Vermutlich versuchte er sich noch einzureden, daß er nachsehen müsse, ob diese rostrote Gefahr nicht schon wieder dort lauere. Und blickte enttäuscht in langweilig blasses Weizengelb.

So blieb ihm nichts anderes übrig, als zu krähen. Im Nachhinein verstehe ich jetzt dieses seltsame Bild, das er uns auch die nächsten Tage immer wieder bot.

Er steht, dem Zaun zugewandt, an einem Punkt, von dem aus seine Stimme, stellvertretend für seinen Körper, hinüberfliegen kann. Steil schwingt sich sein Krähen auf und sinkt jenseits brusttönend dunkel in den Weizen.

In diesen Tagen wurde die Veränderung, die mit ihm vorging, für den gesamten Harem nach und nach unübersehbar. Er putzte sich nicht mehr, stieg nicht mehr in sein geliebtes Sandbad, fraß kaum noch. Stand meist nur am Zaun und krähte sich die Seele aus dem zerzausten Leib. Mehrmals beobachtete ich, wie er — was er vorher nie getan hatte, ohne daß ich vorausgeeilt war — alleine unter dem Zaun durchschlüpfte.

Da er seinen Harem selbstverständlich auch sonst völlig vernachlässigte, hatten wir genügend Zeit, um uns zu beraten. Er verwildert, das war die hilflose Feststellung, auf die all unser Nachdenken hinauslief. Vielleicht will er ein richtiger Vogel werden, im Wald in den Bäumen leben wie unsere Vorfahren, war das Äußerste, was mir damals einfiel. Meine Vermutung wurde von den übrigen Hennen sofort mit Schrekkensgegacker abgewehrt und nur meiner abwegigen Vorliebe für den Platz jenseits des Zauns zugeschrieben.

Es war der fünfte Morgen danach, als ich vom Harem den Auftrag erhielt, ernsthaft und unter Einsatz aller mir zur Verfügung stehender Mittel, schließlich sei ich die Lieblingshenne, mit ihm zu reden.

Jenseits des Zauns, wohin ich ihm daraufhin gefolgt war, erzählte er mir dann in dieser mir damals noch sehr befremdlich-verlottert vorkommenden Sprache das, was ich hier mit meinen Worten wiederzugeben versucht habe.

Die einzige Wirkung all meiner Überzeugungsversuche war, daß er mir, allerdings tief in Gedanken, durch den Zaun zurück folgte und sich zumindest in der Nähe des Harems herumdrückte.

Es geschah genau in dem Moment, als ich mich unauffällig pickend, nickend und guuut, guuut gurrend wieder unter die anderen Hennen gemischt hatte.

Vielleicht hat mich seine merkwürdige Art zu sprechen wirklich angesteckt, jedenfalls war mir so, als ob ein rostroter Blitz in weiß aufstiebenden Schnee fuhr. Es ging so schnell, daß ich als erstes und letztes nur noch die buschige Rute der Füchsin durch das Loch unter dem Zaun fegen sah.

Die Kleine Weiße meinte nachher, daß sie mitbekommen habe, wie die Füchsin ihn sehr schnell, aber sanft mit der Schnauze im Nacken hinter dem Kamm gepackt und zum Zaun getragen hätte.

Hat sie gelächelt? wollte ich wissen. Diese Frage konnte die Kleine Weiße natürlich nicht beantworten.

Sie schaute mich nur zum ersten Mal mit diesem prüfenden Blick von der Seite an.

FEDERN IM BAUCH

Die Schöpfungsgeschichte des Federbetts

Breit und massig, aber doch katzengleich um den Brunnenrand geschmiegt, den Kopf in die rechte Hand gestützt, mit einem Blick, der gelassen durch alles hindurchgeht, weil er alles gesehen hat und alles weiß — so liegt sie da. Uralt und ohne Alter. In ihrer linken Hand hält sie das Ei und auf ihrer aufgewölbten Hüfte hockt, friedlich schlafend, der Vogel.

Frau Holle ist aus dem Brunnen gestiegen, weil niemand mehr hinunterkommt, sagen die Leute. Die Kinder nennen sie »Die steinerne Frau« und spritzen ihr manchmal Wasser ins Gesicht. Einige alte Leute erinnern sich, daß es früher hieß, der Brunnen sei der Eingang zur Hölle, und Frau Holle sei eigentlich die Höllenfrau, vielleicht sogar die Großmutter des Teufels. Der Steinmetz, der sie einst schuf, muß ihren wahren Namen und ihre wahre Geschichte gewußt haben.

Aber die erfährst du nur, wenn du dich in einer heißen Mittagsstunde allein zu ihr an den Brunnenrand hockst und wenn du es richtig, also nicht todernst anfängst. Sie hat vermutlich genug Tod und genug Ernst gesehen in ihrem Leben, das nie und immer beginnt. Du mußt dich also sehr leicht und luftig machen, wenn du ihr kollerndes Lachen hören willst, das in ihrem massigen Körper aufsteigt, wie die Blasen im dunklen Brunnen. Ein Lachen aus der Tiefe, mit dem sie dann, wenn du Glück hast, alle anderen Schöpfungsgeschichten beiseite kollert und ihre eigene erzählt.

In einer solchen Mittagsstunde, ihr gegenüber am Wasser hockend, hatte ich das Glück.

Am Anfang schuf — na, wer wohl? — Ich, Hel, die Göttin der Unterwelt, ich war es natürlich, die Himmel und Erde schuf. Und die Erde war wüst und leer. Der Satz stimmt ausnahmsweise halbwegs. Allerdings war die Erde vor allem hart und ungepolstert. Das fand ich zunächst viel schlimmer, als ich mich von meinen ersten anstrengenden Schöpfungstaten ausruhen wollte. Da gab es kein Nest weit und breit, kein duftendes Lager aus Heu, keine mit Fellen, Federn oder Moos ausgelegten Kuhlen. Und natürlich gab es auch noch keine Lehn- oder Liegestühle, keine lauschigen Sofaecken mit Schlummerrollen, Ohren-, Kopf- oder Schmusekissen, weder Schaumgummi-, Luft- noch gar Lustmatratzen, von Lotter-, Lümmel- oder Himmelbetten ganz zu schweigen. Nicht einmal ein Liebeslager im Schlafsack lag unter meinem neu und frei erschaffenen Himmel bereit. Weder ein auslandend-federndes Schlaraffia noch das klitzekleinste Schmusetuch boten sich mir an.

Da verkroch ich mich zum ersten Mal in eine Höhle unter der Erde, um nachzudenken.

Später, sehr viel später habt ihr Menschen — damals gab es euch ja noch nicht, folglich könnt ihr es auch nicht wissen — später habt ihr mich, die Göttin Hel, dann zur Frau Holle verniedlicht und deswegen unter anderem auch die Schöpfungsgeschichte des Federbetts völlig falsch erzählt. Na gut, das konnte ich noch verkraften, immerhin steckt ja in diesem Märchen noch eine Ahnung davon, daß ich, wenngleich beschränkt auf den winterlichen Schnee, daß ich natürlich auch die Feuchte und die Fruchtbarkeit geschaffen habe. Und ihr habt ja auch früher, wenn ein Wetter über dem Berg aufzog, von der »finsteren Helle« gesprochen. Ein schönes Bild, wenn ihr da nicht später einen bedeutungsschweren Buchstaben verändert hättet.

Mit derselben Verdrehungskunst habt ihr auch meine Höhle, in die ich mich zum schöpferischen Nachdenken verzogen hatte, zur Hölle gemacht. Die war aber keine Spur höllisch, sondern schön rund und warm, wenngleich noch ungepolstert. Und dann diese Geschichte von des Teufels Großmutter, na ja, lassen wir das. Es würde zu weit führen, auch dahinter den wahren Kern herauszuschälen.

Aber bis heute unverzeihlich finde ich, daß ihr das völlig auseinandergerissen habt, was doch unbedingt eins sein mußte – soweit war ich mit meinem Nachdenken dort unten in der Höhle schon bald gelangt: Die Erschaffung des Lebens und die Erschaffung des Federbetts.

Und der Gipfel eurer falschen Geschichten war erreicht . . .,

der Lachkoller, der jetzt in Hels Körper aufsteigt, ist so heftig, daß der Vogel auf ihrer Hüfte die Augen öffnet, . . . der Gipfel war erreicht, als ihr meine Schöpfung einem Mann zuschriebt. Leise weiter vor sich hinkollernd krault die Göttin den Vogel am Hals. Da schließt er wieder die Augen und plustert die Federn auf.

Was wirklich in jener Nacht geschah, als mein Vogel bei mir landete, davon konnte in eurer Manngott-Geschichte natürlich keine Rede mehr sein. Das heißt ... Hel betrachtet einen Moment lang nachdenklich das Ei in ihrer linken Hand, ... das heißt, ein blasser Ahnungsschimmer hat sich von all dem doch noch in eure späte Geschichte hinübergerettet. Es klingt zwar reichlich langweilig, wenn ihr erzählt, am Anfang sei ein Geist Gottes über den Wassern geschwebt, natürlich lustlos – aber immerhin.

Hels Lachen schüttelt wieder ihren Körper und erneut greift sie dem Vogel kraulend unter die Federn. Er scheint das seit Ewigkeiten zu kennen und doch jedesmals neu zu genießen.

Aber weil eure Grundannahme falsch war, fährt die Göttin fort, konnte aus dem Rest eurer Geschichte auch nichts Richtiges mehr werden. Das heißt, der abstrakte Schöpfungsakt eures Manngottes mit seinem angeblich taubenartigen Männergeist, der dann irgendwann später sich doch mal an eine Jungfrau heranmachte, aber so, daß sie Jungfrau blieb – so ein Schöpfungsakt also konnte natürlich nur dazu führen, daß dabei als erstes wieder ein Mann herauskam. Ach, dieser Adam! Wenn er doch wenigstens bei Lilith, einer entfernten Verwandten von mir, geblieben wäre – da ranken sich ja auch noch halbrichtige Ahnungen um eure falsche Geschichte – Lilith jedenfalls war noch ein unverfälschtes Weib. Aber unverfälschte Weiber sind natürlich gefährlich, also des Teufels, darum habt ihr sie dann auch bald zum Santanael geschickt und an ihre Stelle die schamvolle Eva gesetzt, oder das, was ihr aus ihr gemacht habt.

Also: eigentlich war alles ganz anders.

Während sich die Göttin jetzt schweigend auf den richtigen Anfang konzentriert, ist sie eine Zeitlang wieder die uralte steinerne Frau, die bewegungslos am Brunnenrand liegt und deren Blick durch alles hindurchgeht. Aber als sie neu zu erzählen ansetzt, dehnt sie ihren Körper in wohlig-katzengleichen Bewegungen, die den Vogel auf ihrer Hüfte sanft auf- und abschaukeln lassen.

Ich machte mich also in dieser kugelrunden Höhle kugelrund, so daß ich die warmen Erdwände rings um meinen Körper spürte und dachte in mich hinein. Dann schickte ich meine Gedanken durch die Haut nach oben, auf die Oberfläche. Als erstes mußt du einen Baum wachsen lassen, dachte ich. Ohne Baum kein Nest, ohne Nest kein Vogel, ohne Vogel kein – nein, weiter dachte ich noch nicht, obwohl mir da schon eine unbändige Schöpferinnenlust durch die Glieder fuhr.

Tja, und nun, mein Vögelchen, sie schaut das Tier auf ihrer Hüfte mit einem mädchenhaft-jungen Lächeln an, nun wärst eigentlich du erst einmal an der Reihe. Aber da der Vogel nur kurz ein Auge öffnet und gleich wieder schließt, erzählt die Göttin selbst weiter: Just zu der Zeit, als ich beschloß, einen Baum wachsen zu lassen, ich hatte sogar schon eine Idee, wie das zu schaffen wäre, just zu der Zeit irrte der Vogel über die großen Wasser und dann über die wüste Erde auf der Suche nach einem Nistplatz. Aber so weit er auch flog, er fand weder Baum noch Strauch.

Verzweifelt und mit vor Müdigkeit bleiernen Flügeln wollte er sich gerade auf einem nackten Felsvorsprung niederlassen, um aufzugeben, als er plötzlich sah, wie sich ein kräftiger, armdicker Stamm unter ihm aus der kahlen Erde schob. An dessen oberem Ende wölbte es sich ihm einladend wie ein geöffneter Handteller entgegen, um den fünf Äste wie Finger schützend herumwuchsen. Dankbar und todmüde ließ sich der Vogel darauf nieder. Beim Einschlafen spürte er, wie eine wundersame Wärme ihm von unten durch die Federn drang, wie die fünf Äste des Nistbaums ihn sanft umschlossen.

Und ich... Hel hält inne und umfaßt den Vogel mit einem Blick, in dem mehr ist, als das Kraulen ihrer Hand zu Beginn..., und ich trug in dieser Nacht das erste weiche Glück der harten Erde in meiner Hand. Sanft streichelnd, schmeichelnd und immer begieriger fuhr ich ihm unter den Flaum.

Jetzt öffnet der Vogel beide Augen. Und während die Göttin weitererzählt, schauen die beiden sich an mit dem Blick aller Liebenden, kurz bevor sie gemeinsam auffliegen und versinken.

Was dann in dieser Nacht geschah, fährt Hel fort, ist das Geheimnis, das alle kennen, die liebend Lust und Leben schaffen. Und dabei fallen auch mal Federn, wie jeder weiß. Nacht für Nacht kommen mehr dazu und wachsen wieder nach.

Die Göttin blickt weiter unverwandt den Vogel an. Sie schweigt, als wäre damit alles erzählt.

Und das Federbett? frage ich leise.

Na, das war es doch! antwortet Hel jetzt nur noch knapp und beinahe streng. Sein Anfang jedenfalls. Schon das allererste Leben, das aus dem Ur-Ei schlüpfte, kam jedenfalls in einem weich ausgepolsterten Nestbett zur Welt. Wie sich das dann durch die Zeiten ausbreitete und aufplusterte, ist eine eigene Geschichte. Aber wenn du nur eins behältst und weitererzählst, genügt mir das schon: Diese Schöpfung hat Spaß gemacht, glaub' mir, es war die reine, nein, sagen wir lieber: die unreine Lust.

Bevor die Göttin dann wieder zu Stein erstarrt am Brunnenrand liegt mit diesem gelassenen Blick, der durch alles hindurchgeht, erschüttert noch einmal ein kollerndes Lachen ihren Körper. Sie krault ihren Vogel am Hals, und der plustert die Federn.

Hexenherz und Hängebauch oder
Die Landung der Märchenweibsbilder

1. Schneewittchen

Als Schneewittchen in dieser sengend heißen Mittagsstunde auf meinem Balkon landete, erkannte ich sie natürlich nicht sofort. Wie sollte ich auch, stammten meine bisherigen Vorstellungen von ihr doch aus den Märchenbüchern. Ich dachte also, sie müßte unbedingt »so weiß wie Schnee, so rot wie Blut und so schwarzhaarig wie Ebenholz« sein. Und selbstverständlich gertenschlank.

Das prallrunde, braungebrannte, splitternackte Weib mit hennarotem Kraushaar, das sich mit einem erleichterten »Uff!« direkt neben meinem Arbeitstisch aus der Luft niederließ, sah mir dann schon eher nach einer Hexe aus, als ausgerechnet nach Schneewittchen. Aber erst einmal war ich vollauf mit der nackten Tatsache dieser unerwarteten Landung beschäftigt.

Das Weibsbild ließ sich nach ihrem erleichterten »Uff!« sofort in den zweiten Balkonstuhl fallen, und bevor ich ernsthaft ins Grübeln geraten konnte, stellte sie sich mit rauchiger Stimme selbst vor: »Ich bin Schneewittchen, ob du's glaubst oder nicht.«

Leider werde ich das, was danach folgte, und was Schneewittchen erzählte, nicht mehr in allen Einzelheiten wiedergeben können. Denn ich war zeitweilig abgelenkt. Krampfhaft überlegte ich nämlich zwischendurch, ob und wie ich dieses herausfordernd splitternackte Weib vor den Blicken der Spaziergänger hinter dem Gartenzaun schützen könnte. Zugleich schämte ich mich meiner Scham. Denn Schneewittchen erweckte unbedingt den Eindruck, als sei es das Natürlichste von der Welt, unbekleidet auf meinem Balkon zu sitzen und beim Erzählen zu gestikulieren, daß Brüste und Bauch nur so wackeln.

Wenn ich an die ersten Minuten unseres Gesprächs denke, vor allem an die Geschichte mit den Zwergen, halte ich mir immer noch unwillkürlich den Mund zu. Trotzdem —

Wir sitzen uns also schräg gegenüber auf den Balkonstühlen, Schneewittchen lümmelt sich, und ich versuche zaghaft, es ihr gleichzutun.

»Wie sahst du denn damals aus?« will ich vor allem wissen.

»Schwarzweißrot und schlank natürlich«, ist die knappe Antwort. Dann fährt sich Schneewittchen durchs Kraushaar und blickt nachdenklich an sich hinunter. »Weißt du, ich bin ja jetzt schon seit einem Jahr raus aus der Geschichte und warum ich da raus mußte, weiß ich. Es war einfach alles zu eng und zu klein geworden. Obwohl die Zwerge . . .«, sie bricht den Satz ab und reckt statt dessen die Arme schräg nach hinten in die Luft. Ihre Brüste wölben sich wie zwei herausfordernde Hügel hervor. Hinter den sieben Bergen, fällt mir ein und dann spähe ich übers Balkongeländer. Bei Nachbars plantscht ein Amselmann in der zum Bad bereitstehenden Bratpfanne, sonst ist glücklicherweise niemand zu sehen.

»Also jedenfalls habe ich nach diesem Jahr immer

noch nicht genau herausgefunden«, nimmt Schneewittchen ihren Gedanken wieder auf, »wer ich wirklich war und wie ich ausgesehen habe, bevor man mich in dieses lächerliche Märchen sperrte.«

Der unvollendete Satz mit dem Stichwort »Zwerge« war, trotz meiner nicht ungeteilten Aufmerksamkeit, bei mir hängen geblieben und ich hake nach. Hätte ich's nur nicht getan! Denn von da an muß ich noch öfter ängstlich übers Balkongeländer spähen. Nur gut, daß die Siedlung Mittagsruhe hält!

»Also, was ihr über die Kerls erzählt, ist der allergrößte Schwachsinn der Geschichte!« Schneewittchens rauchige Stimme schwankt jetzt zwischen Wut und Trauer. Und während sie weiterspricht, rauft sie sich das Kraushaar und haut dann mit der Faust auf meinen Balkontisch. »Das Schlimme ist nur: Je öfter ihr diese Mär von den kleinen, verhutzelten, lächerlichen Wichten erzählt habt, desto mehr wurden sie es auch! Nur nachts zwischen elf und sechs, wenn bei euch die größte Märchenstille herrscht, erschienen sie noch in ihrer ursprünglichen Gestalt – was heißt erschienen? Das waren beileibe keine geschlechtslosen Geisterchen!«

Jetzt angelt sich dieses unmärchenhafte Märchenweibsbild tatsächlich eine Zigarette aus meiner Schachtel, läßt sich von mir Feuer geben und saugt so gierig daran, daß es jedes Mal »plopp« macht, wenn sie den Stengel mit einem Ruck aus dem Mund zieht. Und mit einer überhaupt nicht märchenhaften Lautstärke fährt sie fort: »Wer hat in meinem Bettchen geschlafen? – Daß ich nicht lache! Obwohl – es ist eigentlich eine gute Frage, wenn man sie richtig versteht. Alle sieben natürlich! Nur, daß uns das Bettchen dann zu klein wurde. Denn es waren Riesen, hörst du, Riesen waren das! Nichts war an denen zwergenhaft, glaub mir.« Schneewittchens Lachen dröhnt über mein Balkongeländer. Dann lächelt sie mit halb geschlossenen Augen vor sich hin. »Jede Nacht zwischen elf und sechs wuchsen meine süßen Kleinen, und das Bettchen wurde uns, wie gesagt, zu eng. Jede Nacht liebten wir uns sieben Mal am Fuß der sieben Berge in den siebten Himmel. Tja, und warum es mir dabei nie langweilig wurde, das weiß ich erst, seit ich's jetzt ein paar Mal mit Menschenmännern versucht hab'!« Sie macht eine Handbewegung, als scheuchte sie alle Männer dieser Welt von meinem Balkon.

»Warum bist du dann nicht geblieben?« frage ich halb neidisch auf ihre dortigen Männererfahrungen, halb ärgerlich über ihr hiesiges Pauschalurteil. »Und was war mit dem Prinzen?«

»Ach der! Ein alter, lüsterner Knacker ohne Mark und Bein. Der wollte die Erlösung sein!« Sie trällert das fast wie eine Kabaretteinlage, schüttelt sich vor Lachen und fegt auch den Prinzen mit einer Handbewegung über mein Geländer. Dann wird sie ernst. »Es lag vor allem an Alarich«, seufzt sie. »Den Prinzen hätte ich sowieso nicht genommen.«

»Alarich?« frage ich nach.

»Ja, weißt du, ich hab' sie zwar alle sieben verführt, und sie waren auch alle sieben verrückt nach mir, jeder auf seine Weise und jede Nacht anders, darum war's ja auch nie langweilig mit ihnen – aber bei Alarich war es Liebe.«

»Ja, und?«

Schneewittchen schnieft. »Ausgerechnet er schrumpfte als erster. Als die anderen zumindest noch nachts etwas wuchsen, blieb er schließlich das, wozu ihr ihn gemacht habt, ihr Neidhammel, Angstschisser ihr! Himmelsriesenwolkenwurznochmal!« Es folgen noch weitere, gewaltige Schimpfwörter, die ich nicht mehr genau wiedergeben kann.

Jedenfalls sieht Schneewittchen irgendwann wieder an sich herunter und murmelt: »Und dabei hätte ich den Alarich doch auch sonst noch dringend gebraucht. Kurz bevor er endgültig zum Zwerg wurde, flüsterte er mir eines Nachts etwas zu, es war kaum zu verstehen. Daß wir beide früher, sehr viel früher, uns schon einmal eine ewige Zeit geliebt hätten. Ich meine, er flüsterte sogar, daß man da noch keine Angst hatte vor Göttinnen, Hexen und Riesen. Auf jeden Fall sprach er davon, daß ich damals ganz anders ausgesehen hätte. Aber wie?

»Tja –« Sie reckt sich, steht auf, geht auf meinem Balkon auf und ab, »und hinter dieser Frage bin ich nun seit einem Jahr her. – Sag mal«, mit einer abrupten Wendung beendet sie ihre seufzende Nachdenklichkeit: »Sag mal, hast du nichts zu essen? Ich bin am Verhungern!«

»Hm«, mache ich. Bei so heißem Wetter esse ich höchstens Obst. Als hätte Schneewittchen das erraten, platzt sie heraus: »Aber um Himmelswillen keine Äpfel!«

»Ich hätte Himbeeren«, werfe ich zaghaft ein. Immerhin ist das meine Sommerlieblingsspeise, und es wäre ein echtes Opfer, wenn ich sie teilte. »Mit Schlagsahne, wenn du willst«, füge ich gönnerhaft hinzu.

»Schlagsahne meinetwegen«, brummelt Schneewittchen. »Aber noch lieber wären mir ja eine fette Kalbshaxe oder Schweinerippchen!«

Ich blinzele erst in die Sonne und dann kopfschüttelnd auf Schneewittchens lüstern offenstehenden Mund. Dann fällt mir ein, daß ich zum Abendessen zumindest kalten Schweinebraten mit Kartoffelsalat im Kühlschrank stehen habe.

Kurz und gut: Was bald darauf in Schneewittchens Bauch verschwand, hatte zur Folge, daß ich mir dann abends, einen hungrigen Ehemann im Nacken, etwas Neues einfallen lassen mußte.

Schneewittchen wurde von dieser Verköstigung keineswegs träge und mundfaul, sondern erzählte dann, fingerleckend und sichtlich gestärkt, wie es weiterging, nachdem alles um sie herum rettungslos auf Zwergenformat geschrumpft war und sie wie tot in diesem lächerlich engen Glassarg lag. »Als ich zu mir kam, kam ich wirklich zu mir. Da hab' ich euch durchschaut: Ihr habt das mit den Kerls nur deswegen so verdreht und verkleinert, um mir demgegenüber diesen Prinzen besonders prächtig und verlockend erscheinen zu lassen. Statt der großen, freien Liebe am Fuße der sieben Berge wolltet ihr mich nun mit diesem alten Knacker in einen nur etwas komfortableren Sarg stecken. Da beschloß ich, nicht mehr mitzuspielen.«

Schneewittchen ritzte also das Glas mit ihrem Diamantring auf, zertrümmerte es endgültig mit ihren Stöckelschuhen und entfloh barfuß ihrem Märchenschicksal.

»Damals war ich noch so schwarzweißrot und schlank, wie gesagt«, berichtete sie dann weiter, während sie die nackten Füße auf meinen Balkontisch legte und nach einer weiteren Zigarette angelte, »obwohl das Rot mehr von einigen Schnittwunden herrührte. Aber das war ja auch erst der Anfang.«

Ich erinnere mich nicht mehr genau, wie sie dann auf ihre jetzige Figur zu sprechen kam, weil plötzlich doch ein Nachbar mit geschultertem Spaten hinter meinem Zaun auftauchte. Glücklicherweise blickte er nicht zu uns herauf. Jedenfalls meinte Schneewittchen wohl, daß es durchaus mit ihrer Befreiung zu tun habe, wenn sie jetzt nicht mehr ihrer märchenhaft ausgedünnten Norm entspräche, wenn sie also nicht nur aus der Geschichte, sondern auch aus allen Nähten geplatzt sei. Und daß es sie dabei, »Himmelsriesenwolkenwurznochmal«, allerdings »fuchsteufelswildwütend« mache, daß in unserer Menschenwelt offenbar nur Männer unangefochten einen Hängebauch vor sich hertragen dürften.

Im Zusammenhang mit ihrem befreiten Aussehen kam sie kurz noch einmal auf Alarich zu sprechen. »Meine brave, glattgezogene Schwarzfrisur hat ihm nie gefallen.« Und dann scheint sie sich an etwas Vergessenes zu erinnern: »Einmal flüsterte er etwas und zerzauste mir dabei die Haare, wie war das? Ja —: ›Kraus wie Ampfer, rot wie Blut‹ flüsterte er. Damals habe ich das nicht verstanden. — Aber siehst du!« Stolz wie eine Statue präsentierte mir Schneewittchen ihren hennaroten Krauskopf.

Dummerweise habe ich nicht genauer nachgefragt, wie und wovon sie denn jetzt eigentlich lebt. Sie erzählte nur kurz, daß sie anfangs versucht habe, in der Spielwarenabteilung eines Kaufhauses zu arbeiten. Daß sie die Stelle jedoch eines Tages fluchtartig verließ, als sie eine neue Sendung Märchenfiguren auszupacken hatte. Es waren Schneewittchen und die sieben Zwerge.

Auf eine andere Episode aus ihrem neuen Leben kam sie leider erst kurz vor ihrem Abflug zu sprechen. Weil es dabei auch um das Fliegenkönnen ging, merkte ich plötzlich, daß ich diese ungewöhnliche Art ihres Erscheinens auf meinem Balkon wegen all der anderen Ungewöhnlichkeiten beinahe vergessen hatte.

Sie selbst schien diese Fortbewegungsart mittlerweile für so selbstverständlich zu halten, daß sie sie, ohne weitere Erklärungen, nur im Zusammenhang mit dieser denkwürdigen Herzgeschichte erwähnte.

Ich weiß nicht, wie ich reagieren würde, wenn mir eine Ärztin ein »Hexenherz« bescheinigen würde. — Schneewittchen jedenfalls schien dies sehr rasch akzeptiert und für die einzig richtige Diagnose gehalten zu haben. Die Ärzte, die sie zuvor aufsuchte, hatten immer nur einen Zusammenhang zwischen ihrem Übergewicht und dem gelegentlichen Herzstechen festgestellt, ihr also zu Fastenkuren geraten. So war es für sie vor allem eine weitere Befreiung, als die Ärztin meinte: »Das Gewicht spielt bei einem Hexenherz keine Rolle. Jedenfalls solange nicht«, hatte sie hinzugefügt, »solange Sie damit fliegen können.«

Den nächsten Satz der Ärztin zitierte das Märchenweibsbild schon stehend, die Arme weit ausgebreitet, mit den Augen bereits in den Wolken. Danach ging es mit ihrem Abflug so schnell, daß ich – gelegentlich auch von einem merkwürdigen Herzstechen geplagt – sie leider nicht mehr nach Namen und Adresse dieser hoffnungsvollen Medizinerin fragen konnte. Und auch wann und wie sie fliegen gelernt hatte, erfuhr ich nicht mehr. Statt all dem und anstelle eines Abschiedsgrußes hinterließ mir Schneewittchen, bevor sie tief einatmend vom Balkongeländer abhob, diesen letzten Satz: »Ein Hexenherz will eben fliegen, egal, ob mit oder ohne Hängebauch.«

2. Goldmarie

Goldmarie landete im Regen, also klatschnaß statt goldverklebt. Die Schätze, die sie aus der hollischen Welt unter dem Brunnen mit heraufgebracht hatte, waren dann auch anderer Art.

Schon wieder ein handfester Strich durch meine Märchenbilder! Und auch dieses Mal dauerte es eine Weile, bis ich wußte, mit wem ich es da zu tun bekam.

Ich war gerade vor einem plötzlich sintflutartig einsetzenden Regenguß vom Balkon geflüchtet, hatte fluchend mein gesamtes Werkzeug, also vorsortierte Papierstapel, Schreibmaschine, Tippex, Teekanne, Teetasse, Aschenbecher, Zigaretten und Feuerzeug vom Balkontisch zurück ins Zimmer geräumt, mich dort wieder niedergelassen und nach dem Anschluß des naßgewordenen Fantasiefadens gesucht, als etwas Langes, Schmales, Dunkles meinen Fensterblick kreuzte. Kurz darauf hörte ich es wie nackte Sohlen und nasses Tuch auf den Steinfußboden des Balkons platschen.

»Hast du was zu futtern? Vielleicht sogar ein Leberwurstbrot?«, war die erste Frage, als ich die Balkontür öffnete.

Das verursachte zusammen mit dem Anblick der schmalen Frauenfigur in einem klatschnaß am Körper klebenden, langen, schwarzen Gewand zunächst nur Leere in meinem Kopf. Dann stieg als erstes die Erinnerung an Schneewittchens Landung auf, die damals etwa vier Wochen zurücklag. Dieses schmalhüftige Wesen mit übergroßen, dunklen Augen und einem – im trockenen Zustand – vermutlich seidig glänzenden, langen Schwarzhaar schien mir eher in jenes Märchenklischee zu passen, das sich allerdings vor vier Wochen sehr augenfällig aufgelöst hatte. Und wenn ich auf die Idee gekommen wäre, diese Figur könnte aus Frau Holles Welt stammen, dann hätte ich eher auf die Pechmarie getippt.

Einstweilen mußte ich jedoch meine Neugier bezähmen, denn diese namenlose Erscheinung blickte mich auf meine Frage: »Wer bist du?« mit ihren übergroßen Augen nur weiter sterbenshungrig an.

Dann begann sie, da ich mich unter der Balkontür immer noch nicht rührte, das Wasser aus den Zipfeln ihres Gewandes zu wringen. Als sie Anstalten machte, sich das gesamte naßverklebte Tuch auszuziehen, geriet ich in Bewegung und machte eine hastig-einladende Geste in mein Zimmer hinein. Nicht noch ein nacktes Weibsbild auf meinem Balkon!

Nachdem ich ihr zuerst ein Handtuch, dann meinen Bademantel und schließlich auch das gewünschte Leberwurstbrot gereicht hatte, ließ sie sich merkwürdigerweise auf meinem Schreibtischstuhl nieder und sagte kauend: »So, jetzt kannst du dich entspannt in den Sessel setzen. Jetzt bin ich dran.«

»Wer bist du?« Endlich konnte ich meine Frage loswerden.

»Na, deine Goldmarie! – Sag mal, hast du keinen Rum für den Tee?« Goldmarie äugte in meine halbleere Tasse.

Die Frage nach dem Rum ließ ich zunächst an mir abprallen. Ich war viel zu sehr mit der Offenbarung ihrer Identität, vor allem mit dem besitzanzeigenden Fürwort beschäftigt. Meine Goldmarie? Gut, das Märchen von Frau Holle hatte mich schon immer mehr als andere fasziniert. Und eine Goldmarie war schon öfter durch meine Texte gegeistert. Aber jetzt saß die leibhaftig in meinem blauweißen Bademantel an meinem Schreibtisch und wollte zum Leberwurstbrot auch noch Rum in den Tee!

»Ich hab' aber nur 80prozentigen aus Österreich. Für Rumtopf und so, weißt du?« Natürlich wußte ich nicht, was eine Goldmarie von Österreich und einem Rumtopf verstand. Eigentlich hätte mich diese zweite unbemannte Landung eines Märchenweibsbildes auf meinem Balkon nicht mehr so zu verwundern brauchen wie die erste. Aber es kam mir dieses Mal zunächst eher noch unwirklicher vor. Erst nach und nach richtete ich mich mit Hilfe des Vergleichs in der Situation ein. Zum Beispiel: Als Goldmarie zusätzlich zu dem 80prozentigen Rum nach einem zweiten Leberwurstbrot verlangte, fragte ich mich, warum offenbar alle diese den Märchen entflohenen Weibsbilder so verhungert beziehungsweise so verfressen sind. Ist das eine erste, wenngleich vielleicht noch nicht die beste Gegenreaktion gegen ihre jahrhundertelang gezähmte Lebendigkeit? Müssen sie der Ausdünnung zwischen den Märchenbuchseiten zunächst einmal mit Körperfülle entgegenwirken? Von Schneewittchen wußte ich immerhin schon, daß hinter diesen züchtigen Töchtern und zukünftigen Prinzessinnen mehr stecken muß.

Dann ertappte ich mich bei dem flapsigen Gedanken: Na denn mal tau! Noch 'ne Märchenfrau. Und wann kommt die nächste bitte? – oder so ähnlich.

Aber der Vergleich mit Schneewittchen hielt bei Goldmarie nicht lange. Nachdem ich die halbvolle Rumflasche und das zweite Leberwurstbrot neben der Schreibmaschine abgesetzt und, im Sessel lümmelnd, meinen Tee auch mit etwas Rum verstärkt hatte, begann das unverwechselbare Goldmarie-Kapitel. Was mir im nachhinein vor allem klarmachte, daß dieses Märchenweibsbild gar nicht, wie Schneewittchen, ihrer verhunzten Geschichte entfliegen, sondern nur viel tiefer in sie hineintauchen wollte. Auf den Grund.

Das war für sie auch einfacher: Ihre Geschichte, der ich schon öfter nachgetaucht war, scheint viel urwüchsiger zu sein als die Schneewittchens. Klar ist jedenfalls, daß sie von Anfang an unbemannt war und keinem Prinzen entfliehen mußte. Ich nehme zwar an, daß sie dennoch die Lustfreuden der Liebe seit Ewigkeiten kannte, wie Schneewittchen auch, aber davon sprach sie nicht. Sie hatte eine andere Botschaft für mich.

»So«, sagte Goldmarie zu Beginn ihres eigenen Kapitels, spannte ein Blatt Papier in die Schreibmaschine, goß sich und mir mit einer großen Armbewegung einen weiteren überschwappenden Schwall Rum in die Teetassen, »so«, wiederholte sie noch einmal entschlossen, »jetzt bin ich dran.«

»Womit?«

»Meine Erfahrungen beim Zugrundegehen« – Goldmarie sprach's und tippte es zugleich als Überschrift in die Maschine.

Und dann schrieb sie.

Zunächst schlugen die Tasten nur zögerlich-unregelmäßig auf das Papier, dann wurde daraus ein immer gleichmäßigeres leises Tupfen, vermischte sich mit dem Geräusch der Regentropfen an der Fensterscheibe, lullte mich ein.

Ich glaube nicht, daß da Magie im Spiel war, viel eher schreibe ich es der Wirkung des Tees mit Rum oder besser: des Rums mit Tee zu – jedenfalls erwachte ich irgendwann, vom Knall eines schallmauerdurchbrechenden Düsenjägers aufgeschreckt, spürte als erstes einen kühlen Lufthauch von der Balkontür her, sah, daß sie offen stand und daß der Schreibtischstuhl leer war. Ich stürzte hinaus, suchte den Himmel nach etwas Langem, Schmalem, Dunklen ab – nichts.

Aber bevor mir Zweifel an meiner Zurechnungsfähigkeit kamen, fiel mein Blick auf das Blatt in der Maschine. Es war von oben bis unten ohne Rand und engzeilig beschrieben, was nun wirklich nicht meine Art ist. Ich riß es heraus und las, was nun wirklich nicht von mir stammen konnte:

MEINE ERFAHRUNGEN BEIM ZUGRUNDEGEHEN
Wer nie zugrundegegangen ist, kann auch nicht fliegen lernen.

Hast Du Leichteres von mir erwartet, Schwester? Ich kann mich jetzt zwar in die Lüfte heben, sogar Leberwurstbrote und Rum wie Manna genießen – aber erzählen möchte ich Dir vom Schwerwerden.

Du mußt nämlich wissen: Diesmal bin ich wirklich bis auf den Grund durchgestoßen, wohin Du auch immer willst, wovor Dir auch immer graut.

Also: Der einzige Satz in dem Holle-Märchen, der für mich noch (fast) uneingeschränkt stimmt, aber da ist die Goldmarie schon in den Brunnen gefallen, der Satz lautet: »Und als sie wieder zu sich selber kam, war sie auf einer grünen Wiese, da blühten viel tausend Blumen.« Nur daß ich dort erst wirklich und nicht »wieder« zu mir selber kam – auch wenn das Zugrundegehen nichts ist, was nur einmal und dann nie wieder zu leisten wäre. Das mit der Wiese und den Blumen – nun ja, es ist nur ein Bild für etwas, was Du mit eigenen Bildern füllen mußt.

Ich weiß, Du hast diesen einen (fast) richtigen Satz schon oft zitiert. Und ich weiß auch, daß du noch öfter versucht hast, ihm und mir hinterherzutauchen. Aber du solltest mit dem Zitieren aufhören, Schwester. Und auch damit, mich immer stellvertretend vorzuschicken. Eigentlich schreibe ich dir meine Erfahrungen nur auf, bringe Dir diesen Goldschatz von dort nur mit, damit Du eigene Erfahrungen machen, eigene Schätze entdecken kannst. Und: damit auch Du durch den todernsten Grund hindurch zur fliegenden Heiterkeit aufsteigst, zu der ich jetzt unterwegs bin.

Das Zugrundegehen ist leicht, wenn Du schwer genug bist.

Als erstes mußt Du Dein auf der Oberfläche schillerndes Spiegelbild durchstoßen und hinter Dir lassen. Wenn Du es mit hinunterziehst, treibt es Dich gleich wieder nach oben zurück. Kopfunter mußt Du hindurch.

Dann ist es zunächst sehr finster. Du sinkst wie ein Stein ins bodenlose Schwarze. Aber Du darfst dabei dennoch die Richtung nicht verlieren, mußt Dich mit Händen und Füßen steil nach unten rudern, immer auf die Angst zu.

Wenn Du Dein Spiegelbild wirklich auf der Oberfläche zurückgelassen hast und lange genug, so, als bewegtest Du Dich in Deinem Element, mitten ins schwärzeste Schwarz gestoßen bist, wenn Du die Ungeduld, daß es schnell vorübergehen möge, aufgegeben hast – dann ist schon ein gutes Stück Weg geschafft.

In dem dann allmählich von unten heraufdämmernden, heller werdenden Grün, das Dir wie durch Schleier unter die Augenlider spült, lauert jedoch die nächste Gefahr. Denn erst dort wirst Du erkennen, ob Du es wirklich selber bist, die zugrundegeht, oder ob Du Dir (oder mir) nicht nur wieder zusiehst. Tröste Dich: Auch ich mußte wohl ein dutzendmal mit dem Sprung kopfunter durch mein Spiegelbild oben von vorne anfangen, nachdem ich scheinbar schon bis ins Dämmergrün vorgestoßen war. Bis es mir diesmal gelang, mich selber mitzunehmen.

Solange Du aber dort, wo es heller wird, unter Dir nur mich oder eine andere aalglatte Stellvertreterin die Füße und Hände elegant schwerelos bewegen siehst, wirst Du nicht weiterkommen. Schon am Brunnenrand oben mußt du sie endgültig verscheuchen, diese bequemen Als-ob-Figuren, die uns alles ersparen wollen. Die sich den Pelz waschen, damit wir nicht naß werden. Es hilft nichts, wir müssen selber naß werden, Schwester, bis unter die Haut, bis ans Herz. Erst dort unten geben uns unsere eigenen Bilder und Geschichten die Hand wie alte, vergessene Freunde. Erst am Grund kann das leichte, das hexenherzige Auffliegen beginnen. Und dann winken uns vielleicht sogar irgendwann Handtuch, Rum und Leberwurstbrot.

Also: Erst wenn Du nichts mehr unter Dir erkennst als höchstens Deine eigenen rudernden Hände und wenn Du Dich vergewissert hast, daß es wirklich Dein unverkennbarer Ring an Deinem unverkennbaren Finger ist, der vor Dir aufblitzt, dann ist es so weit: Dann wirst Du auftauchen – ich kann es Dir nicht anders beschreiben – als wäre der tiefste Grund eine neue Oberfläche. Alles andere, was in jenem Märchen über Frau Holle steht, müßte neu erzählt werden. Was dann für Dich beginnt, und zwar erst, wenn Du auch mein Vor-Bild vergessen hast, ist Deine eigene Geschichte.

Aus der Du auffliegen kannst, wohin Du willst: Landen wirst Du immer in der Wirklichkeit, vielleicht sogar in den Leiden und Wonnen des gewöhnlichen Lebens. Hab Dank für meine erste Zwischenlandung! Leb wohl!

Deine Schwester Goldmarie

Nachdem ich dieses engbeschriebene Blatt gelesen hatte, atmete ich erst einmal tief aus. Spähte dann noch einmal prüfend in den grauen Himmel: Nichts. Ging ins Badezimmer: Der blauweiße Bademantel hing ordentlich an seinem Haken.

Zum Schreibtisch zurückgekehrt, nahm ich das Blatt noch einmal stirnrunzelnd zur Hand.

Goldmaries Botschaft wäre mir beim zweiten, gründlicheren Lesen vermutlich doch um einiges zu hochtrabend vorgekommen, hätte sie nicht, was ich nun erst entdeckte, am linken oberen Papierrand, sozusagen als Kontra- und Wonnepunkt des gewöhnlichen Lebens, einen kleinen Klecks Leberwurst hinterlassen.

3. Aschenputtel

Aschenputtel landete sechs Wochen nach Goldmarie, an einem jener selten sanften Altweibersommertage, an denen man sich mit allem und jedem versöhnen möchte, bevor es zu spät ist.

Ich saß noch einmal mit meinen Papieren auf dem Balkon, ahnte, daß es das letzte Mal sein könnte und rührte mich nicht. »Der Sommer stand und lehnte/ und sah den Schwalben zu«, fiel mir ein. Ich wagte nicht, auch nur eine Taste der Schreibmaschine anzutippen – es könnte das Schwirrlied der Grillen stören oder einen Apfel abstürzen lassen. Die silbrigen Haare der alten Weiber segelten schwerelos durch die Luft. Ich schloß die Augen.

Die Art und Weise, wie sich dieses nächste Märchenweibsbild bemerkbar machte, hatte allerdings gar nichts altweibersommerlich Versponnenes an sich. Wenn, dann hätte schon eher die Erscheinung von Frau Holle da hineingepaßt. Was jedoch nur beweist, daß auch Aschenputtel nicht einfach meiner Stimmung und Phantasie entsprungen sein konnte, daß vielmehr sie die leibhaftig Handelnde war, die mir zum Schluß sogar ein sehr konkretes Versprechen abverlangte und für die Zukunft so einiges zumutete.

Ich halte also noch die Augen geschlossen, da höre ich ein schwirrendes Singen durch die Luft näher kommen, das sich noch kaum von dem Grillenlied unterscheidet. Zuerst erkenne ich die Melodie, dann auch den Text. Es ist mein Lieblingslied »Brot und Rosen«. Ich öffne die Augen, kann zwar noch nichts sehen, höre jedoch deutlich, wie – etwas rauh und krächzend, nicht ganz sicher in der Melodieführung, aber laut – eine junge, weibliche Stimme zur letzten Strophe ansetzt:

> Wenn wir zusammen geh'n,
> kommt mit uns ein bess'rer Tag.
> Die Frauen, die sich wehren,
> wehren aller Menschen Plag.

Da entdecke ich sie. Zielstrebig über die Apfelbäume hinweg und quer durch die Altweibersommerfäden steuert eine langgestreckte Gestalt auf mich zu, stemmt kurz vor meinem Balkon die Arme mit aufgerichteten Händen vor sich in die Luft, offenbar, um die Fluggeschwindigkeit abzubremsen, singt weiter:

> Zu Ende sei: daß Aschenputtel
> schuftet für die Großen

schreit mir über mein Balkongeländer hinweg entgegen:

> Her mit dem ganzen Knuddel –

und landet mit einem leichtfüßigen Hopser, der sich auf die Melodieführung der Schlußzeile überträgt:

> Brot und Ro-ho-sen!

Daß dieses dritte Märchenweibsbild auch nicht meinen früheren Vorstellungen entspricht, überrascht mich nicht mehr – es gefällt mir: Sehr schlank und groß, eine Punkerfrisur mit grün gefärbten Strähnen, die der Flugwind ziemlich flachgelegt hat, Turnschuhe, Jeans, T-Shirt. So fange ich mich nach einem erstaunten »Hoppla« sehr schnell und sage lachend: »Na, denn man tau! Noch 'ne Märchenfrau.« Und da diese Märchenfrau vom gleichzeitigen Fliegen und Singen offenbar noch etwas außer Atem ist, deute ich gleich auf den zweiten Balkonstuhl: »Setz dich. Du bist also Aschenputtel.« Schließlich hatte sie sich ja mit dem aussagekräftig veränderten Liedtext selbst vorgestellt. Wer sonst sollte die ewig schuftenden »kleinen Leute« zu »Aschenputtel« vereinigt und das »Her mit dem ganzen Leben!« so viel sinnlicher durch »Her mit dem ganzen Knuddel!« ersetzt haben?

»Richtig, aber nicht Puttel sondern Puddel, bitte«, korrigiert sie mich noch etwas schnaufend.

»Sonst reimt sich's nicht auf Knuddel, was?« Ich komme mir so locker und leicht vor, wie die Altweibersommerfäden, die sich Aschenpuddel jetzt aus dem Gesicht wischt.

»Nö, das war Rubies Idee«, antwortet sie und versucht, es sich im Schneidersitz auf meinem Stuhl bequem zu machen. »Die hat doch an dem Lied ewig rumgereimt.« Und seufzend fügt sie hinzu: »Außerdem hat sie mich manchmal ›mein Puddel‹ genannt.«

»Hm?« frage ich, »wer ist denn Rubie?«

»Na ja, bei euch heißt sie wohl immer noch Rotkäppchen. Wenn sie sich an den Namen erinnert, lacht sie sich jedes Mal kringelig und zitiert dann meistens laut prustend diesen Schlußsatz aus ihrer total kaputterzählten Geschichte, den findet sie einfach ätzend:

›Rotkäppchen aber dachte: Du willst dein Lebtag nicht wieder allein vom Wege ab in den Wald laufen, wenn dir's die Mutter verboten hat.‹«

Daß Aschenpuddels T-Shirt einen Schriftzug trägt, war mir schon vorher aufgefallen. Aber erst jetzt entziffere ich ihn bewußt:

Schluß mit Prinz und König,
die sind uns zu wenig!

Das hebt und senkt sich in geschwungenen Buchstaben über Aschenpuddels kleinen Brüsten. Der Punkt des dicken Ausrufezeichens dahinter ist in der Form des Frauenemblems gemalt.

Allmählich schießen mir immer mehr Fragen gleichzeitig kreuz und quer durch den Kopf: Haben diese Märchenweibsbilder also offenbar begonnen, sich zusammenzuschließen? Und wo? Noch innerhalb ihrer alten Geschichten oder hier, wohin sie anscheinend eine nach der anderen abgehauen sind? Ob Aschenpuddel von Schneewittchens und Goldmaries Landung bei mir wußte und deshalb −?

»He, sag mal«, unterbricht sie meine Gedanken, »du hast bei der Begrüßung irgendwas gemurmelt, da war ich noch ein bißchen außer Puste − irgendwas von ›Noch 'ne Märchenfrau‹. Was heißt denn das? Waren da schon andere hier?«

Fragen über Fragen von beiden Seiten also. Da ich voraussehe, daß dies ein längeres, spannendes Zusammensein werden würde, und da ich außerdem von den beiden vorherigen Besucherinnen auf Aschenpuddel schließe, frage ich dieses Mal lieber vorher, ob sie Hunger hat. Wie's der Zufall will, fällt mir da ausgerechnet die große Dose Linseneintopf mit Würstchen ein. Ich hatte morgens im Keller entdeckt, daß das Verfallsdatum nahegerückt war. Aber gleichzeitig steigt mir jetzt dieses

eins ins Töpfchen
eins ins Kröpfchen

aus der Märchenerinnerung auf, und ich lasse das Angebot sein. Außerdem schüttelt Aschenpuddel zu meinem Erstaunen sofort angewidert den Kopf. »Laß mich bloß mit Essen in Ruhe! Die zwei Jahre auf dem Schloß hab' ich genug zu Futtern gekriegt, zum Kotzen genug! Mich hungert's nach was anderem! Also, was war mit den Märchenfrauen, schieß endlich los!«

Mit glänzenden Augen und offenem Mund verschlingt sie dann meine Schilderung der vorherigen Besuche. Nach Schneewittchens Hexenherz-und-Hängebauch-Geschichte zögere ich etwas und schaue sie fragend an. Aber Aschenpuddel ist keineswegs schockiert und sieht darin offenbar auch keinen Widerspruch zu ihrer eigenen Abneigung. »Wenn der Hängebauch mir gehört und wenn ich damit fliegen kann, ist doch alles o. k«, sagt sie auf meine Nachfrage. »Aber wenn mir einer gegen meinen Willen einen Bauch machen will, auf die eine oder auf die andere Tour, das stinkt mir.«

Goldmaries Botschaft über das Zugrundegehen lese ich ihr wörtlich vor. Da wird sie sehr still und sagt am Schluß: »Das mußt du unbedingt Rubie zeigen.« Bevor ich fragen kann, wo denn dieses Märchenweibsbild steckt, auf das ich immer neugieriger werde, schlägt Aschenpuddel sich plötzlich mit der flachen Hand gegen die Stirn und ruft: »Da sind die also tatsächlich einfach abgehauen, oder abgetaucht, um aufzutauchen! Ich wollt's ja nicht glauben, aber Rubie hatte mal wieder recht.«

Da ich nur mit einem fragenden »Hm?« reagiere, beginnt sie zu erklären: »Also, Rubie und ich hatten doch die Gruppe gegründet«, sie deutet auf den Schriftzug ihres T-Shirts:

Weg mit Prinz und König,
die sind uns zu wenig!

»Na ja«, fährt sie grinsend fort, »Rubie mit ihrer Vorliebe fürs Moderne wollte uns lieber ›Fairy-Women's-Lib‹ nennen. Und jetzt denke ich, daß ihr ›Hexenherz und Hängebauch‹ auch gefallen würde. Aber ansonsten waren wir uns einig, daß wir vor allem noch mehr Schwestern oder eben Fairy-Women anheuern müßten. − Ja, und als ich von meiner ersten Werbe-Tour hinter die sieben Berge enttäuscht zurückkam und Rubie erzählte, daß da alles verrammelt war und ein Schild an der Tür hing: ›Wegen Trauerfall geschlossen!‹ − da meinte Rubie kopfschüttelnd: ›Da stimmt was nicht. Schneewittchen ist glatt abgehaun. Recht hat sie.‹ Und über dieses ›Recht hat sie‹ kriegten wir uns dann furchtbar in die Wolle. Ich hab' damals nämlich noch geglaubt, frau könnte innerhalb dieses Märchensystems was verändern, weißt du?«

»Recht hast du!« bestätige ich mit heftigem Kopfnicken. »Ein reuiger Sündermann ist mir lieber als tausend gerechte Frauen.«

»Tja, vielleicht geht das bei euch, aber bei uns mit all den Prinzen und Königen . . .« Nach einer kurzen Pause, während der Aschenpuddel einen vorbeisegelnden Altweibersommerfaden mit der Hand zu fangen versucht, beginnt sie plötzlich wieder mit dieser krächzenden Stimme zu singen:

»Wenn wir zusammen gehn,
kämpfen wir auch für den Mann −

das hab' ich damals bei dem Streit Rubie entgegengeschrien. Und dann hat sie mich mit ihrer Umdichterei zur Weißglut gebracht. Stell dir vor, macht die doch glatt aus ›Brot und Rosen‹, also aus unserem heiligen Gruppenlied, da macht die ›Speck und Nelken!‹«

Ich kann mir ein Lachen nicht verkneifen, und Aschenpuddel schaut mit strafend an. Dann muß sie aber doch lächeln. »Na ja, so ist Rubie eben. Aber mit den Männern, da hatte sie gut reden und radikal sein, sie hat sich da ja immer rausgehalten. Gut, Beziehungskisten gab's bei ihr schon auch, meist verrückte und sehr wackelige, darum hat sie sich ja auch über den Namen ›Rotkäppchen‹ so kringelig gelacht, klingt so ätzend jungferlich, hat sie gesagt. Und außerdem ist da ja noch ihr ständiger Begleiter, der Wolf – aber das ist eine eigene Geschichte. Vor einer ach so königlichen Ehe jedenfalls, die auf uns Aschenpuddels, Schneewittchens, Dornröschens, Schneeweißchens und Rosenrots unweigerlich zukam und auf all die anderen, ob sie nun freie Gänsemägde oder kluge Bauerntöchter waren – davor hat Rubie sich immer erfolgreich gedrückt. Genauso übrigens, wie die Goldmarie, die du ja schon kennst.«

»Unbemannt«, fällt mir ein, »die eigentliche Bedeutung von ›Jungfrau‹.«

»Unbemannt, aber nicht unbefleckt«, sagt Aschenpuddel leise und fügt ein seufzendes »Ach, Rubie!« hinzu. Dann versucht sie, die Strähnen ihrer Punkerfrisur einzeln wieder aufzurichten.

In meinem Kopf ist weiterhin ein ziemliches Wirrwarr von Einzelteilen aus Aschenpuddels Leben, und ich bitte sie, mir jetzt doch mal genauer zu erzählen, wie die Geschichte bei ihr wirklich weitergegangen war nach dem: »Und wenn sie nicht gestorben sind, so leben sie noch heute.«

»Ruckediguh!« macht Aschenpuddel leise. »Weißt du, unter all den Prinzentypen, die ich so nach und nach kennenlernte, war meiner eigentlich der passabelste, ehrlich. Sonst hätt' ich's ja auch nicht ganze zwei Jahre bei dem ausgehalten. Und erstmal hab' ich ja vor allem genossen, daß ich nicht mehr in Sack und Asche in der Küche schuften mußte. ›Aus all den dunklen Küchen und wo grau ein Werkshof lag‹«, zitiert sie noch einmal ein Stück aus ›Brot und Rosen‹. »Daß ich aus all dem raus war, reichte eine Zeitlang vollkommen aus für mein Glück. Und der Prinz war sogar so zartfühlend, daß er im ganzen großen Schloß eine Zentralheizung legen ließ, nur damit ich nirgends mehr auch nur ein Stäubchen Asche sehen oder riechen brauchte, stell dir das vor! Das ist doch süß, oder?«

Da sie jetzt wieder an den Strähnen ihrer Frisur zupft und dabei meine Balkontür als Spiegel benutzt, frage ich: »Hattest du da eigentlich auch schon die Frisur?«

»Wo denkst du hin! Die Zentralheizung war ja schon 'ne Revolution im Märchenland, aber so Frisuren, na vielleicht wäre das was fürs Rumpelstilzchen, aber bestimmt nichts für Prinzessinnen und Königinnen. Nö, den irren Kopf hab' ich mir vorhin hier machen lassen. Extra für Rubie, die wird staunen. Ich hoffe bloß −«, sie bricht ab, besinnt sich, »aber ich sollte dir ja erstmal von damals erzählen. Also mein Prinz war eigentlich wirklich lieb, jedenfalls wenn ich dagegen an die Paschas denke, die sich Dornröschen, Schneeweißchen oder Rosenrot angelacht hatten! Einfach ätzend, hat Rubie die genannt. Aber die Dämchen waren auch selber schuld, waren einfach zu dämlich, ließen sich von den Herrlichkeiten alles, aber auch alles gefallen. Und für Rubies und meine Idee mit der Gruppe hatten sie nur ein mitleidiges Lächeln übrig. Hintenherum tuschelten sie über uns beide, lange bevor da was dran war. Auf jeden Fall waren wir für die so was wie Radikalinskis, feministische Märchenweltunterwanderer, – also einfach shocking!

»War das der Grund, warum du dann abgehauen bist?« frage ich.

»Da kam so einiges zusammen. Also erstmal stopfte mich der Prinz, wie gesagt, mit fettem Essen voll. Irgendwie wollte er wohl so einen molligen Typ aus mir machen. Dann gefiel es ihm natürlich nicht, daß ich immer öfter mit Rubie zusammenhockte. Vor allem aber wollte er, daß ich, wie sich's gehört, ein königliches Kind nach dem anderen kriege. Aber ich hab' mir gesagt: Vorsicht ist die Mutter der Königskinder. Ich wollte sehen, ob das denn wirklich einigermaßen läuft mit der Beziehung. – Tja, und eines Abends erwischte mich mein Gemahl beim Einnehmen dieser Anti-Baby-Kräutermixtur, die Rubie mir gebraut hatte. Ich hab' ihm zwar sofort erklärt, daß es Hustensaft ist, hab' ihm sogar auch ein Löffelchen davon angeboten – aber jedenfalls war er von da an mißtrauisch. Und seit dem Zeitpunkt verlegte er seine ganze Energie auf diese hirnrissige Idee eines ›Vereinigten Märopas‹, in dem natürlich nur die Männer etwas zu sagen haben sollten. Ausgeheckt hat die Idee dieser Drosselbart, weißt schon, das ist ja der allergrößte Weiberdespot, und seine Geschichte ist überhaupt eine einzige Beleidigung. Ach, übrigens, ist dir schon mal aufgefallen, Rubie hat mich drauf gebracht, daß bei uns nur die Frauen Namen haben, die Männer sind einfach Prinzen oder Könige, bis auf diesen Drosselbart eben, diesen Superpascha, na ja.«

Da muß ich mir einen Moment lang die Hand vor den Mund halten: macht doch Aschenpuddel jetzt dieselbe wegscheuchende Bewegung über mein Balkongeländer hinweg, wie Schneewittchen damals. Mann über Bord, fällt mir ein und dann »Machen Sie eine typische Handbewegung.« Falls jemals eins meiner Märchenweibsbilder beim Heiteren Beruferaten auftreten würde –

»Was grinst du so?« fragt Aschenpuddel.

»Ach nichts, erzähl weiter, mir gefällt's nur so gut!«

»Aber mir gefiel's immer weniger!« Aschenpuddel ist wütend und erzählt hastig weiter, um zum Ende zu kommen. »Also, bei den Versammlungen dieser aufgeblasenen Männer, die ständig von einem ›Vereinigten Märopa‹ faselten, da sollte ich plötzlich wieder, ›um das Personal zu schonen‹, wie mein Prinz das nannte, denen dutzendweise gestopfte Fasanen, Kapaunen, Gänse und Enten servieren, dazu Met und Wein, und als Dank gab's Zoten und Kniffe in den Hintern – zum Kotzen, sag' ich dir! Also, mein Faß war ohnehin schon zum Überlaufen voll, als Rubie und ich eines Tages ahnungslos Arm in Arm liebevoll turtelnd durch den Park schlenderten und mein Prinz plötzlich aus einem Seitenweg geschossen kam. Rukkediguh! Der Zoff danach war der letzte Tropfen für mein brodelndes Faß.

Aber jetzt . . .« Aschenpuddel lehnt den Kopf zurück in die Sonne, schließt die Augen. Dann beginnt sie, ohne hinzusehen, sich die Turnschuhe auszuziehen.

»Und wo ist Rubie jetzt?«

»Noch dort«, seufzt Aschenpuddel. Die kurze Entspannung ist wie weggeblasen, sie schnürt sich die Schuhe wieder zu. »Sie wäre natürlich gleich mitgekommen, wenn da nicht die Sache mit dem Wolf wäre, weißt du?« Und weil ich wieder nur fragend »Hm« mache, fährt sie fort: »Rubie hat ja sonst vor nichts und niemanden Angst. Sie war schon immer eine der Mutigsten von uns allen, ging am weitesten vom üblichen Weg ab. Du kannst sie eigentlich nur noch mit deiner Goldmarie vergleichen, deswegen wollte Rubie die ja auch unbedingt in unsere Gruppe holen. Jetzt kann ich mir das natürlich erklären, warum auch bei Frau Holle unten alles verriegelt und verrammelt war. ›Die Goldmarie ist abgetaucht, um aufzutauchen‹, meinte Rubie geheimnisvoll. Aber −«, Aschenpuddel scheint sich zu besinnen, und ich hoffe, jetzt endlich etwas über Rubies Wolf zu erfahren. Statt dessen fragt sie mich mit einer völlig veränderten, beinahe ehrfürchtig klingenden Stimme: »Sag mal, Frau Holle, also die Göttin Hel, war die noch nicht bei dir?«

»Nein«, antworte ich, »aber ich weiß, wo man sie vielleicht finden kann.«

»Dann ist es gut«, sagt Aschenpuddel, als sei es das Selbstverständlichste von der Welt, daß eine Menschenfrau eine Göttin findet. »Weißt du«, fährt sie immer noch in diesem andächtigen Ton fort, »Rubie meint nämlich, Hel könnte meine Mutter sein. ›Die Reichtumspenderin aus dem Jenseits‹, nennt sie sie. Und weil die Geschichte über Rubies Verwandtschaft, besonders die über ihre Großmutter, so kaputterzählt worden ist, hofft sie, daß Hel ihr da auch mit der richtigen Herkunft weiterhelfen kann.«

»Hm«, mache ich und will jetzt doch endlich wissen, was es mit Rubies Wolf auf sich hat.

»Also, Rubie hat gehört, daß Wölfe in der Menschenwelt als schreckliche Bestien gelten – wie übrigens jetzt bei uns auch, nur stehen sie dort zumindest unter Märchenschutz – jedenfalls fürchtet sie, daß ihr geliebter Wolf hier bei euch sofort wie der leibhaftige Teufel gehetzt und erschossen würde. Und das würde sie nicht überleben.«

Aschenpuddels Augen sind jetzt flehentlich auf mich gerichtet, als wäre sie selbst der Wolf, der um eine liebevolle Aufnahme bettelt: »Ist das wirklich so schlimm bei euch? Sag, daß es nicht so ist, bitte! Ich halte es ohne Rubie nicht aus, lieber flieg' ich wieder zurück in diese gräßliche Prinzengeschichte, als hier ohne sie zu sein! Und ohne Sicherheit für ihren Begleiter kommt sie nicht mit. Deshalb sollte ich das erstmal erkunden. Sag, könnte man nicht wenigstens diesen einen, unverwechselbaren Rubie-Wolf unter Naturschutz stellen! Rubie würde es sogar ertragen, wenn er unter der Bezeichnung ›Rotkäppchens Wolf‹

laufen würde, wenn er damit nur sicher ist. Habt ihr nicht auch so was wie ein ›Vereinigtes Märopa‹, wo man so ein Gesetz einbringen könnte? Dafür wär's doch mal gut, oder? Bitte, bitte, du mußt da was tun, du mußt mir das versprechen, sonst —«

»Gut, gut — ich versprech' dir's«, sage ich aufs Geratewohl. Immerhin erinnere ich mich dunkel, daß es vor Jahren in Italien einen Prozeß gegeben haben muß, wo die Geschichte mit Rotkäppchen und dem Wolf ganz ernsthaft verhandelt wurde. Mir ist nur der Urteilsspruch nicht mehr im Gedächtnis. Und ob damit europaweit etwas anzufangen wäre . . .?

Aber zum weiteren Nachdenken bleibt keine Zeit, denn es geht jetzt wieder mal alles sehr schnell.

»O. k.«, ruft Aschenpuddel und springt erleichtert auf, »dann hole ich Rubie sofort. Und auf dem Rückweg versuche ich gleich, Schneewittchen und Goldmarie zu finden. Das wäre doch gelacht, wenn wir nicht wenigstens bei euch endlich eine funktionierende Gruppe zusammenkriegen! Meinetwegen können wir die dann auch ›Fairy-Women's-Lib‹ nennen, oder ›Hexenherz und Hängebauch‹, meinetwegen sogar ›Speck und Nelken‹. Ja, warum eigentlich nicht? Kannst ja schon mal eine Liste mit Vorschlägen machen. Tschüs!«

Auf dem Balkongeländer dreht sie sich noch einmal um: »Vor allem aber mußt du dich um die Göttin kümmern, klar? Dann treffen wir uns alle!«

Mit einem großen, juchzenden Hosper schwingt sich Aschenpuddel in die Lüfte.

»Wo soll das Treffen denn stattfinden?« rufe ich ihr noch hinterher.

»Auf deinem Balkon, ist doch klar! Solange das Wetter hält — ich beeil mich!« tönt es von den Apfelbäumen zu mir zurück.

»Na, denn man tau!« murmele ich vor mich hin. »Willkommen all ihr Hexenherzen und Hängebäuche!« Und ich betrachte meinen Balkon mit einem skeptisch-prüfenden Blick. Mir fallen nämlich durchaus auch noch einige Menschenfrauen ein, die ich zu so einem Treffen gerne einladen möchte. Es kommen mir sogar ein bis drei Männer in den Sinn. Ob das geht? Warum nicht? Am wichtigsten ist doch wohl zunächst nur, daß frau oder man ein Hexenherz haben muß, egal ob mit oder ohne . . .

Über meine schwergewichtigen Gedanken schiebt sich jetzt wieder das Schwirrlied der Grillen, und ich sehe den silbrigen Haaren der alten Weiber hinterher, die schwerelos durch die Luft segeln.

Und sie müssen uns endlich das Fliegen beibringen, denke ich noch.

Dann hebe ich lauschend den Kopf. Da ist doch wieder dieses Lied in der Altweibersommerluft. Von irgendwo dort oben höre ich jetzt den sich entfernenden Refrain von »Brot und Rosen«.

Aber eigentlich klingt es mehr nach »Speck und Nelken«.

Anmerkungen

Die Texte »Das Fischweib«, »Weiberkraut und Männerkrieg« und »Das Lächeln der Füchsin I« wurden zuerst veröffentlicht in: Dagmar Scherf, »Der Ritt auf dem Zaun. Hexentexte«, verlegt von Gisela Meussling, Bonn 1985.
Die Grundidee zu »Das Fischweib« stammt von dem Grafiker Frank Leissring.
Die gereimten Zitate in »Vaters Tickschublade« sind Carl Orffs Musiktheater »Der Mond« entnommen.

Dagmar Scherf

Trau dich und träum
Roman
Weltkreis-Verlag
200 Seiten, kt., DM 12,80
ISBN 3-88142-342-7

»Den verzwickten Satz ›Trau dich und träum‹ hat Nina, ein siebzehnjähriges Mädchen, während einer Ballettaufführung aufgeschnappt. Hat mit ihrem Freund zugeschaut, weil man sich ja auch bilden muß... Der Satz ›Trau dich und träum dir die Masken aus dem Kopf‹ läßt Nina nicht mehr los. Sie denkt darüber nach, beginnt sich selbst mit einzubeziehen, und da beginnt für sie die Entwicklungsphase... Die Personen um Nina machen in diesem Roman alle Entwicklungsschritte, feinfühlig beschrieben, verschieden im Schrittmaß, aber gleich in der Richtung.«
Joachim Hoßfeld/Deutsche Volkszeitung

»...mal nicht Pop und Punk, nicht Herzschmerz und Seelenkrise tun zur Abwechslung mal ganz gut, daher ist das Buch, auch für junge Erwachsene, durchaus breit einsetzbar.«
Katharina Boulanger/ekz-Informationsdienst

Zeit-Gedichte
64 Seiten, kt., DM 6,80
Edition Damnitz
ISBN 3-88501-044-5

»Dagmar Scherf löst und erlöst mit ihren Bildern verborgene Bilder in uns. Ihre Wort-Lieder rufen schlummernde Geister in uns wach. Hier werden Türen aufgemacht. Durch die geöffneten Türen fällt Licht − auf uns. Wir finden uns wieder.«
Klaus Konjetzky

Weltkreis/Edition Damnitz

Frauen

Elke Vesper
Schutzhäute
Roman
340 Seiten, engl. Broschur, DM 19,80
ISBN 3-88142-372-9

Erika Rüdenauer (Hrsg.)
Dünne Haut
Tagebücher von Frauen aus der DDR
300 Seiten, gebunden, DM 24,80
ISBN 3-88142-422-9

F. Hervé/E. Steinmann/R. Wurms (Hrsg.)
Kleines Weiberlexikon
Von Abenteuerin bis Zyklus
576 Seiten, Großformat, durchgehend ill., DM 29,80
ISBN 3-88142-312-5

Christine Lambrecht
Männerbekanntschaften
Freimütige Protokolle
280 Seiten, gebunden, DM 18,–
ISBN 3-88142-375-3

Lottemi Doormann
Bewegen, was mich bewegt
288 Seiten, kt., DM 16,80
ISBN 3-88142-306-0

Weltkreis

Frauen

Christiane Barckhausen
Eine Handvoll Nebel
Auf den Spuren von Tina Modotti
447 Seiten mit zahlreichen Abb., gebunden, DM 38,–
Als erste Frau und Europäerin erhielt die Autorin für dieses Buch den angesehensten lateinamerikanischen Literaturpreis, den »Premio Casa de las Americas 1988«.

Ding Ling
Hirsekorn im blauen Meer
Erzählungen
Aus dem Chinesischen
339 Seiten, gebunden, DM 32,–
»Die Autorin veranschaulicht die Frauenschicksale ihrer Zeit auf überzeugende Weise.«
Ingrid Heinrich-Jost/Frankfurter Allgemeine Zeitung

Otti Pfeiffer
Der Nachlaß
Roman
213 Seiten, gebunden, DM 28,–
»Aber nicht nur die Bilder einer erdrückend fürsorglichen Mutter werden lebendig – voller Wehmut erinnert sich die Tochter an die Gefühle von Geborgenheit und bedingungsloser Liebe.«
Helga Rothhämel/Westdeutscher Rundfunk

Viktoria Tokarewa
Zickzack der Liebe
Erzählungen
Aus dem Russischen
318 Seiten, gebunden, DM 29,80
»Scharfe Beobachtung, großes Einfühlungsvermögen und spannende, klare Erzählweise machen das makellos übersetzte Buch zu einer bereichernden Lektüre.«
Günther Fischer/ekz-Informationsdienst

Pahl-Rugenstein